www.ingramcontent.com/pod-product-compliance
Lightning Source LLC
LaVergne TN
LVHW010843051026
849532LV00007B/2812
*9789369086658*

# جدید اردو افسانے

(حصہ : سوم)


مرتب:

**مشرف عالم ذوقی**

**Jadeed Urdu Afsane - 3** *(Anthology)*
by: Musharraf Alam Zauqi
Edition: February '2025
Publisher :
*Taemeer Publications LLC* (Michigan, USA / Hyderabad, India)

ISBN 978-93-6908-665-8



| | | |
|---|---|---|
| کتاب | : | **جدید اردو افسانے** (حصہ:3) |
| مرتب | : | **مشرف عالم ذوقی** |
| صنف | : | فکشن |
| ناشر | : | تعمیر پبلی کیشنز (حیدرآباد، انڈیا) |
| سالِ اشاعت | : | ۲۰۲۵ء |
| صفحات | : | ۹۰ |
| سرورق ڈیزائن | : | تعمیر ویب ڈیزائن |

# فہرست

# دھار

— بیگ احساس

صبح جاگنے کے بعد اس نے حسب معمول شیو کرنا چاہا تو اسے اپنا شیونگ سیٹ جگہ پر نہیں ملا اس نے سارا کمرہ دیکھ لیا۔ بچے بھی اس کے کمرے میں نہیں آتے تھے۔ اس کی چیزوں کو کوئی ہاتھ نہیں لگاتا تھا۔ اسے سخت غصہ آیا۔ جب سے اس کا لڑکا واپس آیا تھا اس کا موڈ بے حد خراب رہنے لگا تھا۔ اس نے بیوی کو بلا کر ڈانٹا کہ وہ اس کی چیزوں کا خیال نہیں رکھتی۔ اس کی بیوی بھی حیران تھی کہ آخر شیونگ سیٹ کہاں گیا...... اس نے گھر کا کونا کونا چھان مارا، ہر ممکن جگہ دیکھ لی لیکن وہ سیٹ نہیں ملا۔

برسوں کی عادت تھی۔ چودہ برس کے عمر سے وہ برابر شیو کر رہا تھا۔ صبح جاگتے ہی پہلا کام یہی ہوتا۔ اتنے برس گزر گئے اس کے معمول میں فرق نہیں آیا تھا۔ آج تک کسی نے اس کی داڑھی بڑھی ہوئی نہیں دیکھی تھی۔ بیماری اور سفر کی حالت میں بھی وہ شیو کرنے سے کبھی نہ چوکتا۔ تیز دھار کی بلیڈ جب تک اس کے گالوں پر نہ دوڑتی وہ خود کو تروتازہ محسوس نہیں کرتا تھا۔ پنشن کے بعد اس کے بہت سے دوستوں نے شراب چھوڑ دی اور داڑھی بڑھالی تھی لیکن وہ آج بھی بہترین بلیڈ اور قیمتی شراب استعمال کرتا تھا۔

''کس کی حرکت ہوسکتی ہے؟'' اس نے سوچا۔

اس کا بیٹا تو مولوی ہے پورا مولوی...... اس نے تو داڑھی رکھ چھوڑی ہے۔ سیاہ شرعی داڑھی۔ اُسے یہ سب پسند نہیں تھا۔ اس کا خیال تھا تمام مذاہب انسانوں سے محبت کے لیے آئے ہیں انسانوں سے نفرت کرنے کے لیے نہیں۔ سارے مذاہب کچھ خاص زمانے میں مخصوص حالات میں اس دور کے لوگوں کے لیے آئے تھے اب وہ پرانے ہو چکے ہیں موجودہ دور میں ناقابلِ عمل ......! سب اپنے مذہب کو بہتر سمجھتے ہیں، کوئی کسی کی برتری تسلیم نہیں کرتا نتیجے میں کتنے تصادم، کتنے فسادات، کتنی جنگیں ہوئیں۔ سارے مذاہب کے پیشوا عظیم انسان

تھے انھوں نے ایک اچھے معاشرے کے لیے محنت کی۔ آج بھی پرانی باتوں کو دہرانے کی بجائے ایسی ہی کوشش کی جانی چاہیے۔

اس نے اپنے بیٹے کو روکا نہیں۔ وہ چاہتا تھا کہ وہ خود ہی اپنے طور پر دنیا کو برتے اور فیصلے کرے۔ اسے دیکھ کر کوفت ضرور ہوتی تھی۔

اور اب اس کے لڑکے کو بڑے زور کا دھکا لگا تھا۔ ویسے وہ بھی اندر سے ہل گیا تھا۔ ادھر کچھ برسوں سے وہ محسوس کر رہا تھا کہ اس کے نظریات کو پے در پے شکست ہو رہی ہے۔ اس کی طرح سوچنے والے کم ہوتے جا رہے ہیں۔ صارفیت کے طوفان میں سب بہہ رہے ہیں۔ زیادہ سے زیادہ پیسہ کمانے کے لیے آدمی دنیا کے کسی بھی کونے میں جانے کے لیے تیار ہے۔

جب ملک تقسیم ہوا اس وقت وہ جوان تھا۔ ہر شخص بھاگ رہا تھا، تحفظ کے لیے، بہتر مستقبل کے لیے، مفت میں جائیداد حاصل کرنے کے لیے۔ پاسپورٹ کی بھی ضرورت نہیں تھی، بس سرحد پار کرنا تھا۔ اس کی ماں کا اصرار تھا کہ وہ ادھر چلے جائیں لیکن وہ یہیں رہنا چاہتا تھا۔ اپنے ملک میں۔ جب بھی فسادات ہوتے اس کی ماں اس کی طرف سوالیہ نظروں سے دیکھتی لیکن اسے کوئی شرمندگی نہیں ہوتی۔ اس کے اپنے خواب تھے، انسانیت پر بھروسا تھا۔ جب جہالت دور ہوگی لوگوں کو شعور آئے گا تو سب ٹھیک ہو جائے گا۔ یہ سب مذہبی جنون ہے۔ اُدھر بھی بہت چین اور سکون نہیں تھا۔ کچھ عرصہ بعد اسے معمولی سی سرکاری ملازمت مل گئی۔ وہ اسی میں خوش تھا۔ شادی ہوئی۔ بچے ہوئے۔ بہت خوش حالی تو نہیں تھی لیکن وہ ایک باوقار زندگی گزار رہا تھا۔ بچے سرکاری اسکول میں پڑھتے تھے لیکن اچھا پڑھتے تھے۔

دوسری بار پھر وہ ایک کڑے امتحان سے اس وقت گزرا جب خلیج کے راستے کھلے۔ اس کے کئی دوست دولت سمیٹنے کے لیے بھاگے۔ بیوی نے اسے بہت سمجھایا لیکن وہ ٹس سے مس نہیں ہوا۔ وہ ایسے ملک میں نہیں جائے گا جہاں اسے دوسرے درجے کا شہری بن کر رہنا پڑے۔ پھر اس ملک کے قوانین، طرزِ زندگی، وہ تو گھٹ کر مر جائے گا۔

اس نے دھیرے دھیرے زندگی جوڑی۔ شہر سے دور ایک ہاؤزنگ سوسائٹی کے تحت زمین خریدی اور برسوں میں رفتہ رفتہ گھر بنایا۔ پندرہ بیس برس میں اس علاقے کی صورت بدل

کر رہ گئی۔ اب وہ شہر کا ایسا حصہ بن گیا تھا جس کی بے حد مانگ تھی۔ کالونی میں سب اس کے جاننے والے تھے۔ اس کے ساتھ کام کرنے والے اس کے دوست جن کے ساتھ وہ شراب پیتا تھا، بحثیں کرتا تھا۔ اسے وہ سب اپنی ہی طرح لگتے تھے۔ لڑکے نے بھی سرکاری کالج اور یونیورسٹی سے پڑھ کر انجینئرنگ کر لی تھی، ایک فرم میں ملازمت بھی کر رہا تھا۔ لڑکی کی شادی ہو گئی تھی۔ داماد خلیجی ملک میں ملازمت کر رہا تھا۔ بیٹی اور نواسے اس کے ساتھ تھے۔ بڑی حد تک وہ مطمئن تھا۔ لیکن اندر سے سب کچھ اطمینان بخش نہیں تھا۔ پہلے وہ سوچا کرتا تھا کہ کسی بھی قوم کی زندگی میں پچیس پچاس برس کی کوئی اہمیت نہیں ہوتی، دھیرے دھیرے سب ٹھیک ہو جائے گا۔ لیکن ایسا نہیں ہوا۔ شخصیت پرستی اور موروثی نظام نے رنگ دکھایا۔ ضدی عورت اور ناتجربے کار لڑکا خود بھی تباہ ہوئے اور ملک کو بھی تباہی کے راستے پر ڈال دیا۔ ان کے بعد اونگھتے ہوئے بوڑھے نے تابوت میں آخری کیل جڑ دی۔ سب کچھ برباد ہو کر رہ گیا۔ ملک کو رتھ والوں کے قدموں میں ڈال دیا گیا۔

قدیم عبادت گاہ ہٹ دھرمی سے گرادی گئی تو بہت کچھ بدل گیا۔ کتنے لفظ بے معنی ہو گئے اور کتنے نئے لفظ نئے مفہوم لے کر آئے۔ شیلانیاس، کارسیوک، ڈھانچہ، ہندوراشٹر، بھارتیہ کرن، اُگروادی، جہاد، بم بلاسٹ، انکاؤنٹر، نئی نئی دہشت پسند تنظیمیں، بڑی جارحانہ وطن پرستی آگئی تھی۔ کچھ نئے لوگ اس منظر نامے میں ابھر آئے تھے جن کا کام صرف زہر اگلنا اور دھمکیاں دینا تھا۔ سیکولر کہلانے والے اپنی کلائیوں پر سرخ دھاگے باندھنے لگے تھے۔ اپنے بچوں کی شادی کے دعوت ناموں پر جلی حرفوں میں بسم اللہ اور اوم لکھا جانے لگا تھا۔ ایک بڑی طاقت تاش کے پتوں کی طرح بکھر کر رہ گئی تھی اور کل تک جو سوشلسٹ لیڈر تھے، بائیں بازو کے اخبارات شائع کرتے تھے وہ کٹر مذہبی جماعتوں کے تلوے چاٹنے لگے تھے۔

تبدیلی اس کی کالونی میں بھی آئی تھی۔ وہ خود کو اکیلا محسوس کر رہا تھا۔ شام کی محفلیں کبھی کی ختم ہو چکی تھیں۔ محلے کے بچوں نے اس کے نواسوں کا جینا دوبھر کر دیا تھا۔

پاکستانی...... پاکستانی......!

اس کے تن بدن میں آگ لگ جاتی تھی۔ جس ملک کو اس نے کبھی تسلیم نہیں کیا وہی اس کے بچوں کے سروں پر تھوپا جا رہا ہے۔ اس کے بچے پاکستان کے بارے میں زیادہ جانتے بھی نہیں تھے۔

''نانا جی وہ ہمیں پاکستانی کیوں کہتے ہیں۔'' وہ چپ رہا۔

''کیوں کہ ہم مسلم ہیں۔'' بڑے نواسے نے کہا۔

''کیا تمام مسلم پاکستانی ہوتے ہیں؟'' پھر سوال کیا گیا۔

اس نے کوئی جواب نہیں دیا، جھلا کر اسی وقت باہر نکلا۔ وہ کالونی کے بزرگوں سے ملا۔ صورت حال بتائی۔ کسی نے اس کی بات رد نہیں کی۔ لیکن اسے لگا جیسے صرف وہی بول رہا ہے، خلا میں اس کے الفاظ بکھر رہے ہیں اور کوئی معنی نہیں دے رہے ہیں۔ پہلی بار اسے محسوس ہوا کہ شاید اب وہ یہاں نہیں رہ پائے گا۔ جو قومیں کمزور پڑ جاتی ہیں انھیں سلمس میں ڈھکیل دیا جاتا ہے۔ اپنا گھر فروخت کرتے وقت اسے سخت تکلیف ہوئی۔ قیمت بھی وہ نہیں ملی جو بازار کی تھی۔

اپنے بیٹے اور بیوی کے مشورے سے وہ ایک ایسی بستی میں آ گیا جہاں وہ تحفظ محسوس کرتے تھے۔ بے ترتیب مکانات، سڑکیں خستہ حال، ہر نکڑ پر نوجوانوں کی ٹولیاں، لمبے لمبے کرتے اور اونچے پاجامے پہنے بزرگ، لمبی داڑھیاں، سر پر ٹوپیاں ...... سیاہ برقعوں میں گھومتی عورتیں، صرف آنکھیں کھلی رہتیں۔ نوجوان لڑکے جینز اور ٹی شرٹ پہنے موٹر سائیکلوں پر دندناتے پھرتے۔ راتوں رات دولت مند بن جانے اور بغیر محنت کے پیسہ کمانے کے خواب آنکھوں میں سجائے سر پر الٹی کیپ لگائے، جیبوں سے سیل فون کی گنگناتی موسیقی ...... ہر گھر کا کوئی نہ کوئی فرد بیرونِ ملک ملازم تھا ...... نماز کا وقت ہوتا تو لاؤڈ اسپیکر پر اذانوں کا شور بلند ہوتا۔ اس کا دم گھٹنے لگتا۔

عجیب بستی تھی۔ سب کو سب کی خبر ہوتی تھی۔ کون کیا کرتا ہے، کیا کھاتا ہے کیا پہنتا ہے، کس گھر میں کون مہمان آیا ہے۔ پتہ نہیں یہ ساری باتیں کیسے ایک دوسرے تک پہنچ جاتی تھیں۔ شروع شروع محلے والوں نے اسے بھی گھیر لیا۔ نمازیوں کی ایک ٹولی اس کے پاس آئی۔ ''راہِ راست'' پر لانے کی کوشش کی گئی۔ اس نے سختی سے کہہ دیا کہ گناہ اور ثواب کے بارے میں وہ ان سے زیادہ جانتا ہے۔ اب وہ عمر کی اس منزل میں ہے کہ کوئی تبدیلی آنے والی نہیں ہے وہ اپنی مرضی سے جینا چاہتا ہے۔ اس کی اصلاح کی کوشش نہ کریں۔ اس کے لہجے میں اتنی تلخی اور درشتگی تھی کہ دوبارہ پھر کسی نے ہمت نہیں کی۔ البتہ اس کا بیٹا محلے میں جلد ہی مقبول ہو گیا۔ وہ نماز کا پابند بھی تھا اور محلے کے نوجوانوں اور بزرگوں میں وقت بھی گزارتا تھا۔ بیوی بھی نماز کی پابند ہو گئی تھی۔

اس نے ایک معمول بنالیا تھا۔ صبح ہوتے ہی داڑھی بناتا، نہاتا، تفصیل سے اخبار پڑھتا، ناشتہ کرتا پھر لائبریری میں بیٹھ جاتا۔ دوپہر کے کھانے کے بعد کچھ دیر سو جاتا۔ شام میں کہیں کوئی جلسہ کوئی میٹنگ ہوتی تو چلا جاتا یا اپنے کسی دوست کے گھر چلا جاتا۔ اپنے معمول کے دو تین پیگ لیتا اور مختلف موضوعات پر گفتگو کر کے خود کو ہلکا پھلکا محسوس کرتا۔ جب کبھی معمول سے زیادہ ہو جاتی تو اس کے قدم ہلکے سے لڑکھڑانے لگتے تو وہ سیدھے بستر میں چلا جاتا۔ اس کی بیوی فرش پر بستر بچھا کر سو جاتی۔ احتجاج کا ایک نیا طریقہ اس نے نکالا تھا۔ محلے والے تو اسے بس باہر جاتے اور آتی ہوئی دیکھتے تھے۔ کسی سے اس کی ملاقات نہ تھی۔

قدیم عبادت گاہ کے گرنے کے تقریباً دس برس بعد جدید طاقت، تہذیب و معاشرت کی علامت دو عمارتیں اچانک گرا دی گئیں۔ اور پھر بہت کچھ بدل گیا۔ عمارتیں گرتی ہیں تو بہت کچھ بدل جاتا ہے۔ پھر کچھ نئے لفظ آئے جن میں زیادہ شور تہذیبوں کا ٹکراؤ اور دہشت گردی کے خلاف جنگ، ایٹمی ہتھیار رکھنے والے ممالک کا صفایا کا تھا۔

قدیم عمارت گری کہ جدید عمارتیں، نقصان اسی کا ہوا۔ اس کی پوزیشن خراب ہوگئی۔ یوں اس نے جنگ کے خلاف مظاہروں میں حصہ لیا۔ سیمناروں اور سمپوزیم میں بڑھ چڑھ کر حصہ لیا لیکن اسے محسوس ہوا یہ سب کچھ ایک انٹلکچول تفریح کے علاوہ کچھ بھی نہیں ہے۔ لوگ جنگ کی ہولناکی کو محسوس نہیں کرتے۔ ٹی وی پر جنگ کے مناظر ایسے ہی دیکھتے ہیں جیسے فیشن چینلس پر خوب صورت جسم، جیسے بلیڈ سے تراشے گئے ہوں ایک ایک عضو نپا تلا...... جسم پر صرف تین تکونی ٹکڑے پتلی ڈوریوں سے بندھے ہوئے اور ایک گرہ۔ ٹی وی اور انٹرنیٹ نے تصور کے لیے کچھ بھی باقی نہیں چھوڑا، ساتھ ہی جنگ اور فیشن شو کے ریمپ کا فرق بھی مٹا دیا ہے۔

دوستوں سے بحث کرنے میں بھی کوئی لطف نہیں تھا۔ اس کی طرح سوچ والے کم ہوتے جارہے تھے۔ ایک رخ تو یہ ہے کہ لوگ اسی بڑی طاقت کو ظالم تو کہتے ہیں لیکن کسی خلیجی ملک کے حکمران کو ڈکٹیٹر نہیں کہتے۔ لوگ خودکش بم کی تائید تو کرتے ہیں لیکن بے گناہ مرنے والوں پر افسوس نہیں کرتے۔ دوسرا رخ یہ ہے کہ کہیں بھی بم بلاسٹ ہوتا ہے، دہشت گردی ہوتی ہے تو اس کی طرف عجیب نظروں سے گھورتے ہیں جیسے ہر دہشت گردی کا ذمہ دار وہ ہو۔ پولیس راتوں رات اس کے محلے کے نوجوانوں کو پکڑ کر لے جاتی ہے۔

ان حالات میں اس کے لڑکے نے جب کہا کہ وہ ایک مغربی ملک کو جارہا ہے تو وہ چونک پڑا۔

''کیوں جانا چاہتے ہو؟''

''ظاہر ہے بہتر مستقبل کے لیے۔''

''کیوں کیا یہاں تمھارا کوئی مستقبل نہیں ہے؟''

''نہیں پاپا۔ ہمارے ملک کو اعلیٰ تعلیم یافتہ سوچنے والے ذہن کی ضرورت نہیں ہے۔''

''وہاں بھی تو اعلیٰ تعلیم یافتہ لوگ چھوٹے چھوٹے کام کرتے ہیں۔''

''وہ عبوری دور ہوتا ہے پاپا۔ پیسہ بھی معقول ملتا ہے۔''

''تو تم پیسہ کمانا چاہتے ہو؟''

''ہاں پاپا پیسہ موجودہ دور کی سب سے بڑی حقیقت ہے۔''

''لیکن مذہب تو قناعت پسندی......''

''مذہب پیسہ کمانے سے روکتا نہیں'' بیٹے نے بات کاٹ کر کہا ''اچھا......اچھا'' بیٹے کے جارحانہ موڈ کو دیکھ کر وہ خاموش ہو گیا۔ اس نے اگر قناعت پسندی سے کام لیا، زیادہ پیسوں کا لالچ نہیں کیا تو ضروری نہیں کہ اس کا بیٹا بھی ایسا ہی سوچے۔ پہلے جو تعیش کی چیزیں کہلاتی تھیں اب وہ ضرورت بن گئی ہیں جس کے لیے پیسہ چاہیے۔ اس کے بیٹے کو اس کے انداز میں جینے کا موقع دینا چاہیے۔

زور شور سے تیاریاں ہونے لگیں، کپڑے، جوتے، سفر کا سامان، ضروری چیزیں وہاں کے موسم سے مطابقت رکھنے والی......ایک ایک تفصیل تھی اس کے بیٹے کے پاس اس ملک کی......

پھر سب نے نمناک آنکھوں سے دواع کیا۔ دعائیں دیں، امام ضامن باندھے......

گھر لوٹے تو بڑا سونا پن محسوس ہونے لگا۔ ادھر کئی دنوں سے بڑی گہما گہمی تھی۔ رات دیر گئے تک جاگنا۔ دوست احباب کا آنا جانا۔

بیٹے نے ممبئی سے فون کیا کہ پہنچ گیا ہے۔ پھر اس ملک کے پلین میں بیٹھنے سے قبل فون کرنے کا وعدہ کیا۔ رات میں اس کا فون آیا کہ وہ پلین میں بیٹھنے جارہا ہے۔ وہ آرام سے سو گئے۔

صبح وہ جلد ہی جاگا۔ شیو کیا۔ بیٹے کے فون کا انتظار کرنے لگا۔ بیوی بھی فجر پڑھ کر مصلّے پر بیٹھی تھی۔ کافی انتظار کے بعد بھی فون نہیں آیا تو وہ بے چین ہو کر ٹراویلنگ ایجنسی کے دفتر بھاگا جس کے ذریعے اس کا بیٹا گیا تھا۔ ٹراویلنگ ایجنسی والے بھی کوشش میں لگ گئے۔ وہ گھر لوٹ آیا۔ بیوی گڑگڑا کر دعائیں کرتی رہی۔ وہ بے چینی سے ٹہلتا رہا۔ پھر ٹراویلنگ ایجنسی والوں کا فون آیا کہ اس کا لڑکا وہاں پہنچ تو گیا ہے لیکن ایرپورٹ پر روک لیا گیا ہے۔ وہ پریشان ہو گیا۔ پتا نہیں ایسا کیوں ہوا۔ کچھ سمجھ میں نہیں آرہا تھا۔ وہ فون کھڑکھڑانے لگا جن دوستوں کے بچے اس ملک میں تھے یا خاندان کے افراد وہاں تھے۔ ممکن ہے کوئی صورت نکل آئے۔ لیکن بات نہیں بنی۔ رات بھر وہ بے چین رہا۔ یہ دوسری رات تھی۔ پتا نہیں بیٹے پر کیا گزر رہی تھی۔

رات اس کے بیٹے کا فون آیا

''ہاں بیٹے کیا ہوا؟'' اس نے بے چینی سے پوچھا۔

''کچھ نہیں پاپا میں واپس آرہا ہوں۔''

''کیا ہوا۔ کچھ بتاؤ تو۔''

''آکر بتاؤں گا......'' بیٹے نے اپنی واپسی کی فلائیٹ کا وقت بتایا۔ صبح اس نے حسب معمول شیو کیا۔ وقت سے پہلے ہی ایرپورٹ پہنچ گیا۔ بیٹا واپس آگیا۔ اس نے اُسے گلے لگایا۔ ٹیکسی میں بیٹھنے کے بعد اس نے پوچھا ''کیوں روک دیا تھا انھوں نے؟''

''ان کا خیال ہے میری شکل بین الاقوامی دہشت گردوں سے ملتی ہے۔''

''تم نے کچھ نہیں کہا؟''

''وہ لوگ کچھ سننے کو راضی نہیں تھے۔ انکوائری کی گئی اس کے بعد چھوڑا۔''

''کچھ ثابت نہ ہونے پر بھی واپس کر دیا۔''

''ہاں......''

''چلو یہی کیا کم ہے تم صحیح سلامت واپس آگئے۔ اللہ جو بھی کرتا ہے اس میں کوئی نہ کوئی مصلحت ہوتی ہے۔''

اس کے بیٹے نے عجیب نظروں سے دیکھا۔ وہ شرمندہ ہو گیا۔ یہ کیسے الفاظ اس کے منہ سے نکل رہے ہیں۔

بیٹے کے اس طرح لوٹ آنے پر اسے بہت بڑا دھکا لگا۔ کیا ان پر دنیا تنگ ہو رہی ہے۔ یہاں زہریلے بیانات روزانہ پڑھنے کو ملتے ہیں۔ نسل کشی کا ایک کامیاب تجربہ کیا جا چکا ہے ظاہر ہی حکومت بھی کر رہی ہیں۔ خلیجی ممالک اپنے ملک میں پیدا ہونے والے بچوں کو بھی شہریت نہیں دیتے۔ مغربی ممالک کا بھی یہی رویہ ہے۔

بیٹے کے بارے میں وہ کوئی اندازہ نہیں کر سکا کہ اس واقعے کا اس پر کیا اثر ہوا۔ اس نے پرانی ملازمت جوائن کر لی تھی۔ کام میں مصروف تھا۔ ممکن ہے اس نے بیرونِ ملک جانے کا خواب دیکھنا ہی چھوڑ دیا ہو۔

آئینے میں اس نے اپنا چہرہ دیکھا۔ اچھی خاصی داڑھی نظر آ رہی تھی، سفید سفید......تیز دھار کی بلیڈ کے لیے وہ بے چین ہو گیا۔ اس کی بیوی بار بار کہہ رہی تھی کہ وہ دوسرا شیونگ سیٹ خرید لے یا باہر جا کر داڑھی بنوا آئے۔ اس کا چہرہ اچھا نہیں لگ رہا ہے۔ لیکن وہ کاہلی سے گھر میں پڑا رہا۔ بیٹا آفس کے کام سے شہر سے باہر گیا ہوا تھا۔ وہ شام تک باہر نہیں نکلا معمول کے دو پیگ بھی نہیں لیے۔ دن بھر پڑھتا رہا یا ٹی وی پر خبریں دیکھتا رہا۔

اس کا بیٹا اجازت لے کر کمرے میں آ گیا۔

''پاپا یہ لیجیے آپ کا شیونگ سیٹ۔ میں لے گیا تھا۔ آپ سے پوچھے بغیر......آئی ایم سوری پاپا......'' لڑکا ایک سانس میں کہہ گیا۔

''تمہیں کیا ضرورت پڑی اس کی......'' اس نے کہا۔ نظر اٹھا کر بیٹے کی طرف دیکھا تو حیرت زدہ رہ گیا اس کے بیٹے کے چہرے پر داڑھی برائے نام رہ گئی تھی۔

''تمھاری داڑھی؟'' اس کے منہ سے بے اختیار نکلا۔

''آہستہ آہستہ کم کر دی۔ اب کلین شیو ہو جاؤں گا۔'' بیٹے نے ہنستے ہوئے کہا ''لیکن کیوں؟''

''نیا پاسپورٹ بنواؤں گا کلین شیو تصویر کے ساتھ......''

''لیکن یہ کیسے ممکن ہے ریکارڈ ہوتا ہے...... باضابطہ''

''یہاں سب کچھ ممکن ہے پاپا۔ بس سورس چاہیے۔ اس بار کہیں اور جاؤں گا۔''

''لیکن یہ غیر قانونی ہے۔''

''کیا بغیر داڑھی کے پاسپورٹ بنوانا غیر قانونی ہے؟''

وہ خاموش ہو گیا، بحث نہیں کی۔

''صرف داڑھی رکاوٹ بن گئی ہے پاپا...... یہ لیجیے آپ کا سیٹ۔''

''نہیں۔'' وہ کچھ سوچتے ہوئے بولا ''اسے تم ہی رکھ لو۔''

لڑکے نے حیرت زدہ نظروں سے اس کی طرف دیکھا۔

اس نے آئینے میں اپنا چہرہ دیکھا، اپنی بڑھی ہوئی داڑھی پر ہاتھ پھیرا۔ ایسے بھی وہ برا نہیں لگ رہا ہے۔ اس نے اپنے آپ سے کہا اور معنی خیز انداز میں مسکرایا۔

☆☆☆

# ایک چھوٹا سا جہنم

— ساجد رشید

کسی کے چیخنے اور گولیاں چلنے کی تیز آوازیں تھیں جو چار راتوں سے متواتر جاگتے رہنے والے اعصاب کو جھنجھوڑ کر آنکھیں کھولنے پر مجبور کر رہی تھیں۔ لذت آمیز تھکن سے بھاری پلکیں بس نیم وا ہو کر رہ گئیں۔ نظر کی سیدھ میں وہ ایسے گھورنے لگا جیسے اپنے حواس مجتمع کر رہا ہو لیکن لوہے کی پُر شور کھڑکھڑاہٹ اور کسی عورت کے رونے اور گڑگڑانے کی آوازیں گاڑھے سیّال کی قطرہ قطرہ بوندوں کی طرح مضمحل اعصاب پر ٹپک رہی تھیں۔ گاڑھے سیّال کے گرنے کے بعد لاکھوں دیدہ نادیدہ بوندیں فضا میں بہت سست رفتار سے اُڑ کر پھیل رہی تھیں۔ سامنے بہت لمبی نیم تاریک راہداری میں دور کوئی سفید کپڑوں میں کھڑا تھا جس کے چہرے اور پیروں پر اندھیرا پڑ رہا تھا۔ سفید لباس والے نے وہیں سے اپنے ہاتھوں کو لمبا کر کے اس کے کندھوں کو اپنے قوی الجثہ پنجوں سے جھنجھوڑا۔ آنکھیں پٹ سے کھلیں اور یکبار رونے چیخنے اور گولیاں چلنے کا شور پانی کے تیز ریلے کی طرح اس کے کانوں سے ٹکرایا......

''ڈاکٹر نائیک'' ......سفید کپڑوں والی نرس اس کے کندھوں کو ہلا رہی تھی۔

''نیچے مین گیٹ پر بھیڑ اکٹھا ہے۔'' نرس کی آواز کانپ رہی تھی۔ نیچے سے کسی عورت اور آدمی کے زور زور سے جھگڑنے اور لوہے کے جنگلے کے ہلنے کی آوازیں آرہی تھیں۔

ڈاکٹر نائیک نے جلدی سے پیروں میں سلیپر ڈالا اور سیڑھیوں کی طرف لپکا۔ اس درمیان پھر گولیاں چلنے کی آواز! سیڑھیاں اتر کر ایک لمبی راہداری سے گزر کر جب وہ مین گیٹ پر پہنچا تو اس نے دیکھا کہ اسپتال کا چوکیدار اور ایک جونیر ڈاکٹر جنگلے کے دوسری طرف کھڑی ایک عورت سے زور زور سے بحث کر رہے ہیں۔ بدحواس عورت نے ایک نوجوان کو بغل میں ہاتھ دے کر سہارا دے رکھا ہے جو کمر سے آگے کی طرف جھول رہا ہے۔ نوجوان کی قمیص خون سے سرخ ہو رہی ہے۔

''کیا بات ہے'' ڈاکٹر نائیک نے قریب پہنچ کر کہا اور اسی درمیان پھر کہیں ایک گولی چلی۔

''اس لڑکے کو پولیس کی گولی لگی ہے اور یہ عورت... '' جونیر ڈاکٹر مڑ کر ڈاکٹر نائیک سے بولا۔

''گھر میں گھس کر میرے بیٹے کو گولی مار دیا پولیس نے ڈاکٹر صاحب، ہم ادھر رحمت چال میں رہتے ''

''ادھر سب غنڈے لوگ رہتے ہیں۔'' چوکیدار بات کاٹ کر بولا'' صاحب لوٹ مار کر رہا ہوگا اسی لیے گولی...... '' زخمی نوجوان کا جسم اتنا جھول گیا تھا کہ اس کے دونوں ہاتھ زمین کو بس چھونے والے تھے اور عورت اسے اپنی پوری طاقت سے سنبھالنے کی کوشش میں بُری طرح ہانپ رہی تھی۔ ڈاکٹر نائیک کو محسوس ہوا جیسے وہ اس زخمی نوجوان کو جانتا ہے۔ ارے ہاں یہ تو شہزاد ہے شہزاد! اس نے سر کو جھٹکا جیسے کسی خیال کو جھٹک رہا ہو۔

''اس کے پاس پیسے نہیں ہیں اور وہ اسے اسپتال میں داخل کرانا چاہتی ہے۔ بغیر ایڈوانس کے ہم اسے کیسے ایڈمٹ کر سکتے ہیں۔'' جونیر ڈاکٹر بولا'' اور پھر یہ تو پولیس کیس......''

''شٹ اپ!'' ڈاکٹر نائیک کا چہرہ سرخ ہو گیا۔'' دروازہ کھولو'' اس نے چوکیدار کو ڈانٹ کر کہا۔

اگر آدھے گھنٹے کی تاخیر ہو جاتی تو وہ نوجوان شاید نہ بچتا۔ ڈاکٹر نائیک نے فوراً آپریشن کر کے سینے کے پنجر میں پھنسی گولی کو نکال دیا تھا۔ عورت کے پاس پیسے تو نہیں تھے لیکن اس نے اپنی خون سے تر آنچل کو پھیلا کر آسمان پر بیٹھے اپنے خدا سے زمین کے اس ہندو ڈاکٹر کے حق میں اتنی دعائیں دے ڈالی تھیں کہ اگر خدا کے فرشتے ان دعائیہ لفظوں کو ثواب میں منتقل کرتے تو اس نوجوان ڈاکٹر کے لیے جنت کے دروازے وہ شاید اسی لمحہ کھولنے پر مجبور ہو جاتے۔ لیکن ڈاکٹر نائیک کو اس عورت کی دعاؤں سے زیادہ سکون اس تصور سے پہنچا تھا کہ ''میں نے شہزاد کو بچالیا۔''

تین روز سے فسادات میں ایسی شدت آگئی تھی جیسے کوئی سلگتی لکڑی پر مٹی کا تیل چھڑک دے۔ ڈاکٹر نائیک چار روز سے اپنے پرائیوٹ اسپتال میں پڑا ہوا تھا، پہننے اور کھانے کا ہوش نہ تھا۔ باہر کے کرفیو نے اسپتال کی ویرانی میں وحشت پیدا کردی تھی۔ دو روز سے شہر کا شاید ہی

کوئی گوشہ فساد سے محفوظ تھا۔ شہر کے مختلف حصوں میں جھونپڑ بستیاں جل رہی تھیں یا پھر جل کر خاکستر ہو جانے کے بعد سلگتے اپلوں کے ڈھیر کی طرح دھواں چھوڑتی دکھائی دیتی تھیں۔ ملک کے کسی بھی گوشے سے فساد کی کوئی خبر آتی تو ڈاکٹر نائیک کو اختلاج ہونے لگتا اور نظروں کے سامنے شہزاد کا چہرہ گھومنے لگتا۔ خون میں لت پت ایک عورت کی بانہوں کے سہارے گھسٹتا ہوا، پتھرائی آنکھوں سے خلا میں گھورتا ہوا شہزاد کا زرد چہرہ اس سے صرف یہی سوال کرتا کہ ''مجھے کیوں مار دیا گیا؟''

شہزاد اس کا بچپن کا دوست تھا۔ دونوں نے ساتھ ہی ہائی اسکول کیا تھا۔ پھر شہزاد اپنے والد کے انتقال کے بعد والدہ کے ساتھ علی گڑھ اپنے ماموں کے یہاں چلا گیا تھا اور علی گڑھ یونیورسٹی میں بی اے پارٹ ون میں داخلہ لے لیا تھا۔ دوسرے سال نائیک بھی شہزاد کے اصرار پر علی گڑھ گیا تھا جہاں اس کی ملاقات شہزاد ہی سے نہیں سیما سے بھی ہوئی تھی جو پتا نہیں کیسے اس بے ڈھنگے شہزاد کو دل دے بیٹھی تھی۔ علی گڑھ سے واپسی کے بعد نائیک کو شہزاد اور سیما کے خط برابر آتے رہے۔ پھر ایک دن علی گڑھ میں فرقہ وارانہ فساد ہو گیا۔ چھ سات ہفتوں تک شہزاد یا سیما کسی کا خط نہیں آیا۔ فسادات کی ہولناک خبروں کے درمیان دونوں کی خاموشی نے نائیک کو بے چین کر رکھا تھا۔ ایک روز سیما کے ایک طویل خط کے ذریعے ڈاکٹر نائیک کو پتا چلا کہ یونیورسٹی کیمپس کے باہر بھری دوپہر میں سیما کی نظروں کے سامنے شہزاد کو گھیر کر بلوائیوں نے گپتی ماردی۔ خط کے الفاظ تصویر بن گئے...... سیما اسے بچانے کی کوشش کر رہی ہے اور خود بھی زخمی ہو گئی ہے۔ خون شہزاد کے پیٹ پر لگے گہرے زخم میں سے ابل کر پتلون کو بھگو چکا ہے۔ اس کی بے بس نظریں سیما کو دیکھ رہی ہیں۔ سیما اپنے زخمی ہاتھ کی پروا نہ کرتے ہوئے شہزاد کی بغل میں ہاتھ دے کر اسے اٹھاتی ہے۔ عورت کا حوصلہ آدمی کی قوت بن جاتا ہے۔ شہزاد سیما کے سہارے گھسٹ رہا ہے۔ کیمپس کا صدر دروازہ اور پھر لمبی سڑک! سانس اکھڑنے لگتی ہے۔ آنکھیں بند ہوئی جاتی ہیں اور سیما کی بانہوں میں شہزاد کا سر ڈھلک جاتا ہے......

ڈیوٹی نرس نے ریٹائرنگ روم میں آکر جب روشنی کی تو ڈاکٹر نائیک کو ایک کرسی کی پشت پر دونوں ہاتھ رکھے جھکا ہوا پایا۔ نائیک نے سر اٹھا کر نرس کی طرف دیکھا۔ آنکھیں خشک لیکن چہرہ پسینے سے تر تھا۔

''آپ ٹھیک تو ہیں ڈاکٹر'' نرس نے اس کے چہرے پر پھیلی ہوئی وحشت کو دیکھ کر پوچھا۔

''آئی ایم آل رائٹ'' اس نے تھکی ہوئی آواز میں کہا اور جگ سے پانی گلاس میں انڈیلنے لگا۔ نرس نے کندھے اچکائے اور چلی گئی۔ نائیک پانی پی کر کھڑکی میں آکھڑا ہوا۔ آسمان کے کناروں پر آگ کی لپٹوں کی سرخ روشنی فوکس کی طرح پھیلی ہوئی تھی۔ نیچے ٹرک کی آواز ابھری۔ دھندلی روشنی والے لیمپ پوسٹوں کے درمیان فوجی جوانوں سے بھرے ٹرک کا دھندلا سایہ ہاتھی کی طرح رینگتا ہوا گزر گیا۔

ڈاکٹر نائیک نے راؤنڈ لے کر ان تمام مریضوں کو چیک کر لیا تھا جن کی حالت تشویش ناک سمجھی جارہی تھی۔ اپنا اطمینان کر لینے کے بعد ڈرائنگ روم میں آکر اس نے گھڑی اتار کر میز پر رکھنے سے پہلے وقت دیکھا۔ رات کے سوا بارہ بج رہے تھے۔ ایزی چیئر پر نیند پوری کرنے کے ارادے سے اس نے پیروں کو سامنے رکھی تپائی پر رکھ کر اپنے اعصاب کو ڈھیلا چھوڑ دیا......

کوئی کراہ رہا تھا۔ دردناک آواز میں کسی کو مدد کے لیے پکار رہا تھا۔ آواز گھٹی گھٹی لیکن بے پناہ کرب میں ڈوبی ہوئی تھی۔ وہ ہڑبڑا کر اٹھ بیٹھا ''یہ...... یہ...... آواز تو شہزاد کی ہے ...... یہ کیسے ہوسکتا ہے۔'' اس نے بیٹھے بیٹھے سوچا لیکن آواز شہزاد ہی کی تھی۔ وہ ایک دم سے اٹھ کھڑا ہوا اور نیچے آکر کرفیو کی پروا کیے بغیر اپنی کار کو ڈرائیو کرتے ہوئے قبرستان کی طرف نکل گیا۔

کچی پکی قبروں کے درمیان وہ جھک جھک کر ہر قبر کا کتبہ پڑھتے ہوئے چل رہا تھا۔ اس نے کندھے پر ایک بڑا سا بیگ ڈال رکھا تھا۔ اچانک ہی وہ ایک قبر کے سامنے ٹھٹھک کر کھڑا ہو گیا جس پر شہزاد کا نام اور اس کی تاریخ وفات درج تھی۔ اس نے بیگ زمین پر رکھا اور اس میں سے کدال نکال کر جلدی جلدی قبر کو کھودنے لگا۔ وہ پتا نہیں کب تک قبر کھودتا رہا۔ وہ پسینے سے شرابور ہو چکا تھا لیکن اس کے ہاتھ بڑی سرعت سے چل رہے تھے۔

کچھ دیر بعد اس کے سامنے گہرے گڑھے میں کفن میں لپٹی ہوئی لاش تھی۔ اس نے قبر میں اتر کر لاش کو کندھے پر لادا تو اسے اپنے کندھوں پر حرارت کا احساس ہوا۔

''لاش گرم ہے۔'' اس نے سوچا''نہیں نہیں کفن کے اندر رکھا جسم گرم ہے۔''
لاش کو قبر کے کنارے رکھ کر اس نے بڑی بے صبری سے کفن کی گرہیں کھول ڈالیں۔ چہرے پر سے سفید کپڑا ہٹایا..... شہزاد کا چہرہ اس کے سامنے تھا۔ ماتھے پر سلوٹیں تھیں جیسے درد کو ضبط کر رہا ہو۔ اس نے جھک کر لاش کے سینے پر سر رکھ دیا۔ دل کے دھڑکنے کی آواز اسے بہت دور سے آتی محسوس ہوئی۔ اس نے جیسے ہی سر اٹھایا لاش نے ایک لمبی سانس لی اور آنکھیں کھول دیں اور خود ہی کفن سے اپنے دونوں ہاتھ باہر نکال کر دھیرے دھیرے اٹھ کر بیٹھ گئی۔

''اچھا ہوا تم آگئے۔ میرا دم گھٹ رہا تھا۔'' شہزاد نے چاروں طرف دیکھتے ہوئے نحیف آواز میں کہا اور پھر جھک کر اپنے پیٹ کو سہلانے لگا۔ ڈاکٹر نائیک نے دیکھا کہ سینے کے نیچے بائیں طرف ایک گہرا خشک زخم تھا جس کے آس پاس کھرنڈ سی جمی ہوئی تھی۔

''اس روز جب تم سیما کے ساتھ کالج سے جا رہے تھے، تو کیا ہوا تھا شہزاد؟'' وہ سوال جو نائیک کو دس برسوں سے پریشان کیے ہوئے تھا، پوچھ بیٹھا۔

''انھوں نے مجھے چاروں طرف سے گھیر لیا تھا اور یہ دیکھو یہاں گپتی ڈال دی تھی۔'' کہتے ہوئے وہ زخم سہلانے لگا۔'' کیوں مارا تھا انھوں نے مجھے؟'' شہزاد نے اس کی آنکھوں میں اپنے بے نور دیدوں سے گھورتے ہوئے پوچھا۔

''تمھیں نہیں معلوم؟'' نائیک نے پوچھا۔

''بتاتے تھے دنگا ہوگیا ہے اور مجھے مار دیا۔ میں تو دنگے میں شامل نہیں تھا! میں نے تو کسی کو ایک تمانچہ بھی نہیں مارا تھا پھر انھوں نے مجھے کیوں مار دیا سدھیر؟''شہزاد نے اس کے بچپن کا نام لے کر پکارا۔

''مجھے پتا نہیں۔''

''تمھیں پتا ہے سدھیر تمھیں پتا ہے۔'' اس نے اپنی ٹھنڈی آنکھوں سے نائیک کی آنکھوں میں جھانک کر کہا۔

''میں تو بمبئی میں تھا اور تم علی گڑھ میں۔ مجھے کیسے پتا ہو سکتا ہے۔'' نائیک سراسیمہ ہوگیا۔

''تمھارا دوست ہونے کے باوجود بھی انھوں نے مجھے نہیں بخشا۔'' اس کی آواز سرد ہو چلی تھی۔

''لیکن وہ بمبئی سے اتنی دور مجھے کیسے جانتے ...''

''وہ تمھارے دھرم کے لوگ تھے۔ ہزاروں میل کے فاصلے پر بھی تم سے اپنی شناخت قائم کر کے تمہیں چھوڑ سکتے ہیں، اسی طرح جس طرح انہوں نے مجھے میرے دھرم کی وجہ سے مار دیا اور سیما کو چھوڑ دیا۔ اپنے دھرم کے لیے تم بھی ان کے ساتھ شامل ہو جاتے۔''

''یہ تم کیا کہہ رہے ہو شہزاد؟''

''پھر تم ہی بتاؤ انھوں نے مجھے کیوں مارا ہے۔''

''میں نہیں جانتا'' نائیک گھبرا کر پیچھے ہٹا۔

''میں جانتا ہوں۔'' اس نے سرد لہجے میں کہا ''میں مسلمان تھا اس لیے انھوں نے مجھے مار دیا۔ وہ ہندو تھے اس لیے انھوں نے مجھے مارا۔ سیما ہندو تھی اس لیے اسے چھوڑ دیا اور تم بھی ہندو ہو اس لیے وہ تمھیں بھی چھوڑ دیتے۔'' پھر وہ نائیک کی آنکھوں میں اترتے ہوئے بولا: ''ہم دھرم کے نام پر مارے اور بچائے جا رہے ہیں اس لیے تم بھی ان کے ساتھ مجھے مارنے کے لیے مجبور ہو جاتے......''

''نہیں......نہیں......نہیں'' وہ زور سے چیخا اور درختوں پر پرندے کریہہ آواز میں بُری طرح شور مچانے لگے۔

شور اتنا شدید تھا کہ اس کی آنکھ کھل گئی۔ ٹیوب کی روشنی میں اس کی آنکھیں چندھیا گئیں۔ اس کا سارا جسم پسینے میں شرابور تھا۔ ایک عجیب سا بے ہنگم شور سنائی دے رہا تھا جیسے کچھ لوگ زور زور سے بول رہے ہوں۔ بھاری بوٹوں کے ساتھ چل رہے ہوں۔ وہ فوراً ہی کمرے سے باہر نکل آیا۔ سامنے سے نرس اسی کی طرف دوڑی چلی آ رہی تھی۔ اسے دیکھتے ہی وہ وہیں سے چیخی۔ ''کوئی وی آئی پی پیشنٹ ہے ڈاکٹر نائیک، جلدی چلیے آپ کو بلا رہے ہیں۔'' کہہ کر وہ ایک دم واپس مڑ گئی۔

''کون ہے؟'' اس نے لمبے لمبے قدم بڑھاتے ہوئے پوچھا۔

''پتا نہیں۔ کافی پولیس سیکورٹی ہے اس کے ساتھ۔'' نرس نے اسی رفتار سے چلتے ہوئے جواب دیا۔

اسٹریچر ٹرالی کے اطراف دو کالے لباس والے باڈی گارڈ چوکنی نظروں سے چاروں طرف دیکھ رہے تھے۔ ساتھ ہی ایک پختہ عمر کی عورت تھی جس کی آنکھوں کا تفکر اس مریض کا

کوئی قریبی رشتے دار بتا رہا تھا۔ چار پانچ کسرتی جسموں والے نوجوان تھے جن کے چہرے سے وحشت ٹپک رہی تھی۔ نائیک نے اسٹریچر کو اپنے پیچھے لانے کا اشارہ کیا اور یہ سوچتا ہوا ایگزامنیشین روم کی طرف چل دیا کہ...... ''آخر یہ وی آئی پی پیشنٹ کون ہو سکتا ہے؟''

ایگزامینیشن روم میں نائیک نے سفید چادر سے جھانکتے مریض کے چہرے کو جیسے ہی دیکھ تو پتا نہیں باہر سڑک پر یا اس کے اپنے سینے میں تڑتڑ تڑ بے شمار گولیاں چلیں اور یکبارگی ہزاروں لوگوں کی دردناک کراہیں بلند ہوئیں، یہ وہی تھا...... ہاں وہی...... بالکل وہی...... تنگ پیشانی، موٹی سی ناک، خواب ناک آنکھیں، بھینچے ہوئے ہونٹ...... ایک لمحے کو اس کا دماغ شل ہو گیا۔ نفرت، کراہیت اور غصّے نے اس کی آنکھوں کے سامنے چنگاریاں بکھیر دیں۔ مریض کے ساتھ آنے والے تمام لوگ اس کی بدلتی کیفیت کو حیرت سے دیکھنے لگے۔ اس نے فوراً ہی اپنے آپ پر قابو پالیا۔ عورت نے بڑھ کر اپنا تعارف کرایا، وہ مریض کی بیوی تھی۔

''شام سے پہلے نارمل تھے۔'' عورت اپنی انگلیاں مروڑتے ہوئے روہانسی آواز میں بولی۔

''نارمل تھے!''...... وہ چونکا۔ ''شہر جل رہا ہے اور یہ نارمل......''

''آٹھ بجے کے آس پاس انھوں نے تھوڑی سی ڈرنک لی تھی۔ پھر کھانا کھا کر ویڈیو پر فلم دیکھی تھی۔ تب بھی ٹھیک ٹھاک تھے۔ کومیڈی فلم تھی، خوب ہنستے رہے تھے۔''

''بارہ بجے وہ سوئے تھے۔ اور پھر ساڑھے بارہ ایک بجے کے آس پاس اچانک اٹھ بیٹھے تھے۔ سینہ میں درد کی شکایت کی اور پھر بے ہوش ہو گئے تھے۔'' عورت کی آنکھیں بھر آئیں۔

''کیا اس سے پہلے بھی اس طرح میرا مطلب ہے دل کا دورہ......'' ڈاکٹر نائیک نے بہت سنبھل کر کہا لیکن لہجے کی کرختگی کم نہ ہوئی۔

''دو سال پہلے پڑ چکا ہے۔'' عورت نے اس کے بہت قریب آکر سرگوشی کی اور پھر آس پاس کھڑے اپنے ساتھ آنے والوں کو دیکھنے لگی۔

''کیا بات ہے آپ اتنی رازداری......''

''ہاں وہ نہیں چاہتے کہ ان کی بیماری کے بارے میں کسی کو کچھ معلوم ہو۔'' عورت نے پھر سرگوشی کی۔ ڈاکٹر نائیک نے فوراً ہی کارڈیوگرام لیا۔ بلڈ پریشر چیک کیا۔ یہ سب کچھ

کرتے ہوئے اس نے اپنے دل میں مریض کے لیے ہمدردی کا کوئی جذبہ محسوس نہیں کیا۔ مریض کو آئی سی یونٹ میں داخل کرنے کے بعد اس نے مریض کی بیوی کے علاوہ تمام لوگوں کو چلے جانے لیے کہا۔

''ہم ان کی حفاظت کے لیے ہیں۔'' ایک باڈی گارڈ نے کہا۔

''اس وقت انہیں تمہارے نہیں ہمارے تحفظ کی ضرورت ہے۔'' نائیک کی آواز سرد تھی۔

''لیکن ان کی جان کو خطرہ ہے۔''

''ان کی جان کو کسی دشمن سے نہیں ان کے اپنے دل سے خطرہ ہے، پلیز لیو ہم الون۔''

یہ کہتے ہوئے نائیک نے اس عورت کو ضرور دیکھ لیا تھا جس کی آنکھیں یہ سنتے ہی خوف سے پھیل گئی تھیں۔

''او بھگوان۔'' عورت دونوں ہاتھ چہرے پر رکھ کر سسکنے لگی۔ ''اب میں کیا کروں۔''

اس نے ایک اچٹتی نگاہ عورت پر ڈالی پھر آئی سی یو میں داخل ہو گیا۔

مریض کے دل کو اس نے کارڈیوگرام اور اسکرین مونیٹر سے منسلک کر دیا تھا۔ اب دل کی دھڑکن کارڈیوگرام اور مونیٹر اسکرین پر منعکس ہو رہی تھی۔ عورت کو اس نے آئی سی یو کے باہر لگی بینچ پر بیٹھنے کی اجازت دے دی تھی۔ ایک نرس کو مریض کی کیفیت پر نظر رکھنے کے لیے مامور کر دیا تھا۔ وہ جب آئی سی یو سے باہر آیا تو اس نے دیکھا ایک بیس سال کا نوجوان اس عورت کے قریب بیٹھا اسے دلاسہ دے رہا ہے اور چار پانچ نوجوان ان کے اطراف خاموشی سے کھڑے ہیں۔ عورت نے اسے دیکھتے ہی کہا: ''یہ میرا بیٹا ہے۔''

''ماں بیٹے میں سے کوئی ایک ہی یہاں رہ سکتا ہے۔'' اس نے پیشہ وارانہ سفاکی سے کہا جو اس کے مزاج کا حصہ نہیں تھی۔

بیٹا جب اپنے نوجوان ساتھیوں کے ساتھ لفٹ کی طرف بڑھا تو اس کی چال نے بتا دیا تھا کہ اس کے پیر باپ کی بیماری کے صدمے سے نہیں نشے سے کپکپا رہے ہیں۔

ریٹائرنگ روم میں آ کر نائیک نے تھرمس سے چائے پیالی میں انڈیلی اور چسکیاں لیتے ہوئے مریض کی بابت سوچنے لگا جس کی تصویر وہ متعدد بار اخبارات میں دیکھ چکا تھا۔ فسادات

کے دوران وہ اپنی حیثیت سے زیادہ ہی توجہ کا مرکز بن گیا تھا۔ اس کی ایک آواز پر زندگی مفلوج ہو جاتی تھی۔ اس کے منہ سے نکلے ہوئے لفظ شرارے بن کر زندہ بستیوں کو خاک کر دیتے تھے۔

شہزاد کو ایسے ہی سلگتے لفظوں نے منوں مٹی کے نیچے وقت سے پہلے دبا دیا تھا...... اس خیال نے نائیک کے جسم کے ایک ایک روئیں میں سوئیاں چبھودیں۔ یہ رات اب مریض سے نہیں زیادہ اس پر بھاری تھی۔

صبح اسپتال کے باہر اس کے معتقدوں کا ہجوم لگ گیا تھا۔ وہ اپنے محبوب رہنما کو دیکھنا چاہتے تھے لیکن ڈاکٹر نائیک نے سختی سے منع کر دیا۔ صرف بیوی اور بیٹا دو ہی لوگ اسے دیکھ سکتے تھے اور اسپتال میں ٹھہرنے کی اجازت صرف اس کی بیوی کو تھی۔

دوپہر میں نائیک نے بلڈ پریشر، کارڈیوگرام اور نبض کو چیک کیا۔ حالت اب بھی خطرے سے باہر نہیں ہوئی تھی۔ آئی سی یو کے نیم روشن کمرے میں اس کے سینے تک کمبل پڑا ہوا تھا۔ اس نے قریب جا کر کمبل کمر تک الٹ دیا۔ اسے جو قمیص پہنائی گئی تھی اس کے سارے بٹن کھلے رکھے گئے تھے تاکہ کارڈیوگرام اور مونیٹر کے وائر کو سینے سے جوڑا جا سکے۔ ہنسلی اور پسلیوں کی ہڈیاں مچھلی کے کانٹے کی طرح نمایاں تھیں۔ گردن سوکھی لکڑی کا ٹھونٹھ لگ رہی تھی۔ دو روز کی داڑھی کے باریک سفید بال اس کی اصل عمر بتا رہے تھے البتہ سر کے بال بالکل سیاہ تھے۔ وہ یقیناً ڈائی کیے ہوئے تھے۔ آنکھوں کے نیچے سیاہ حلقے بہت صاف دکھائی دے رہے تھے جو موٹے فریم کی عینک میں چھپ جاتے تھے۔ نائیک نے اس کا دایاں ہاتھ چھوا۔ استخوانی پنجہ اور باریک سی کلائی پر ایک سیاہ دھاگا بندھا ہوا تھا۔

کیا یہی ہے وہ آدمی جس کے اشارے پر کسی ذبح کیے جانے والے جانور سے بھی حقیر بنا دی جاتی ہے انسانی زندگی! کیا یہی ہے وہ آدمی؟ ایسا کیا ہے اس کے جسم میں جس نے اسے اتنا سفاک بنا رکھا ہے؟ یہ منحنی جسم جسے دمہ، ڈائی بیٹس اور اتھرائٹس کے مرض نے جکڑ رکھا ہے۔ جس کی آنکھیں طاقت ور شیشوں والے چشمے کے بغیر زندگی کو حقیقی رنگ میں نہیں دیکھ سکتیں۔ جس کے ہاتھوں میں اتنی قوت بھی نہیں ہے کہ اس کے ایک تمانچے سے کسی کے گال پر ورم آجائے ...... پھر کیا ہے اس آدمی کے اندر کہ لوگ اس کے نام ہی سے خوف زدہ ہو جاتے ہیں؟ ڈاکٹر نائیک کا جسم اپنے ہی خیالات اور سوالات کی حرارت سے تپنے لگا۔

اس نے غور سے اس کے چہرے کی طرف دیکھا۔ تکیے پر سر تھوڑا سا ڈھلکا ہوا تھا اور نیم وا آنکھوں سے جامد سیاہ دیدے ایک پتلی لکیر کی طرح دکھائی دے رہے تھے۔ بالائی ہونٹ ناک میں آکسیجن کی نلکی کی وجہ سے قدرے کھلا ہوا تھا۔ جس کے پیچھے زرد دانت نمایاں تھے۔ انتہائی نفرت سے وہ سر سے پیر تک لرز گیا۔ اس آدمی کو زندہ رہنے کا کوئی حق نہیں ہے۔ اس کی موت بہت سارے لوگوں کو بے وقت موت سے محفوظ رکھ سکتی ہے اور نائیک نے اسے بیڈ پر چاروں شانے چت کر دیا۔ اس نے پھرتی سے آپریشن کرنے والی بڑی سی چھری اٹھائی اور اس منحنی سینے پر پے در پے وار کرنے لگا۔ اس کے سینے پیٹ اور نرخرے پر چھری کے ہر وار پر خون کا فوارہ سا پھوٹ پڑتا۔ نائیک پوری قوت سے اس پر حملے کر رہا تھا اور چھری اس کے جسم میں ایسے گھستی جیسے وہ انسان نہیں ربڑ کا کوئی گڈا ہو۔ خون چھری کے ہر وار کے ساتھ اڑ اڑ کر نائیک کے چہرے کو داغدار کر رہا تھا اور بیڈ پر پڑے اس بے حرکت شخص کا منہ ایسے بگڑتا جا رہا تھا جیسے اس کے ربڑ کے جسم میں بھری ہوا خارج ہو رہی ہو اور وہ گیس کے غبارے کی طرح پچکتا جا رہا ہو......

اپنے ہی خیالات سے گھبرا کر نائیک آئی سی یو سے باہر نکل آیا۔ ریٹائرنگ روم میں جا کر وہ ایزی چیئر پر گر پڑا ''نہیں نہیں یہ کیسے ہو سکتا ہے...... یہ کیسے ہو سکتا ہے۔ میں ایک ڈاکٹر ہوں۔ ہمارے پیشے میں بیڈ پر پڑا کوئی بھی مریض ہماری پناہ میں ہوتا ہے تو پھر میں...... میں کسی کی جان کیسے لے سکتا ہوں۔ آخر مجھے کیا حق پہنچتا ہے کسی کی جان لینے کا......'' اس کی پیشانی اور ہتھیلیاں پسینے سے سرد ہو گئیں۔

''لیکن اسے بھی تو کسی کی جان لینے کا حق نہیں ہے۔'' شہزاد نے پلکیں جھپکائے بغیر اس کی آنکھوں میں دیکھتے ہوئے کہا۔ ''اس کے بیانات اس کی تقریریں اب تک سینکڑوں لوگوں کی جانیں لے چکی ہیں۔''

''یہ بیماری ہی تو اس کی سزا ہے۔ اس کا جسم جس اذیت میں مبتلا ہے یہی تو قدرت کا انصاف ہے۔'' نائیک نے کرسی پر سیدھا ہوتے ہوئے کہا۔

''لیکن یہ تو بے ہوش ہے۔ اس کے احساسات نیم خوابیدہ ہیں۔ میڈیکل سائنس کے آلات بھی اس کی اذیت کی پیمائش نہیں کر سکتے ہیں اور اس کے جسم اور دماغ کو اس اذیت کا پتا اس وقت تک نہیں چلے گا جب تک وہ ہوش میں نہیں آ جاتا۔ وہ ہوش میں تب ہی آئے گا جب

اس کی اذیت کم ہو جائے گی۔ اس وقت اسے نہ تو اس اذیت کا کچھ پتا ہے اور نہ ہی اس کرب کا کوئی احساس ہے جو اس کا جسم جھیل رہا ہے۔'' شہزاد کی آواز ایسے سرسرا رہی تھی جیسے جھاڑیوں میں سانپ کے گھسنے پر آواز ہوتی ہے۔

''ایک اچھا موقع ہے سدھیر تیرے پاس...... اٹھ بڑھ اور ختم کردے۔ ختم کردے...... ختم کردے!'' اسے لگا جیسے شہزاد اس کے کان میں زور زور سے چیخ رہا ہے۔

ڈاکٹر نائیک اچانک ایسے اٹھ کھڑا ہوا جیسے اس نے کوئی فیصلہ کرلیا ہو۔ دونوں ہاتھوں کو پتلون کی جیب میں ڈال کر وہ تیزی سے آئی سی یو کی طرف چل پڑا۔ اسے لگا جیسے پیچھے شہزاد اسے کھڑا گھور رہا ہے۔ برآمدے کا موڑ کاٹ کر وہ جیسے ہی آئی سی یو کے دروازے پر پہنچا سسکیوں کی آواز نے اس کے قدموں کو جکڑ لیا۔ آئی سی یو کے باہر پڑے صوفے پر مریض کی بیوی گھٹنوں میں سر دیے سسک رہی تھی۔ نائیک کے قدموں کی آواز سن کر عورت نے سر اٹھا کر اسے ڈبڈبائی سرخ آنکھوں سے دیکھا اور خود پر قابو کرنے کی کوشش میں اس کا نچلا ہونٹ لرزنے لگا۔

''وہ ٹھیک تو ہو جائیں گے نا ڈاکٹر؟'' عورت تقریباً رو پڑی۔ ''میرا بیٹا ابھی ناسمجھ ہے۔ بھگوان نہ کرے انہیں کچھ ہو گیا تو......'' اس کی آنکھوں سے آنسو نکل پڑے۔

سفید بستر پر اس کا وہ منحنی لاغر جسم پڑا ہوا تھا جس کے تحفظ کے لیے حکومت کے مہیا کردہ دو مسلح باڈی گارڈ اور اس کے اپنے معتقدوں کا ایک ٹولہ ہر وقت گھیرے رہتا تھا۔ داڑھی کے بال دو روز میں اور بڑھ آئے تھے۔ نائیک مریض کے قریب جا کر اس کے چہرے پر جھکا ہی تھا کہ مریض نے نقاہت سے دھیرے دھیرے آنکھیں کھول دیں۔ دونوں کی نظریں ٹکرائیں اور نائیک کے اندر چھپا ہوا نفرت کا سارا طوفان اس کے بدن میں کپکپی پیدا کر گیا۔

''اب کیسی طبیعت ہے آپ کی؟'' نائیک نے دھیرے سے پوچھا۔ مریض نے کچھ کہنے کے لیے ہونٹوں کو کھولا لیکن 36 گھنٹوں کی غشی نے بولنے کی طاقت کو متاثر کیا تھا۔ ہونٹ ہل کر رہ گئے لیکن نائیک کو اس کی آنکھوں میں خوف کی جھلک صاف نظر آئی۔ مریض اب آنکھوں کے ڈھیلوں کو گھما کر بار بار دروازے کی طرف دیکھ رہا تھا جیسے اسے نائیک ہی سے ڈر لگ رہا ہو۔ ہمیشہ شناسا چہروں اور اپنے معتبر لوگوں میں رہنے کی عادت نے اسے ایک اجنبی ڈاکٹر کے وجود سے ڈرا دیا تھا۔ نیم روشنی میں صرف مشینیں تھیں اور ایئر کنڈیشن کی ہلکی ہلکی آواز تھی۔

مریض کے ہونٹ پھر ہلے اور اس میں سے کچھ الفاظ نکلے بھی لیکن آواز اتنی مدہم تھی کہ وہ کچھ سمجھ نہ سکا۔ وہ مریض کے چہرے کے قریب اپنے کان لے آیا۔

''میرا بیٹا۔ میری بیوی۔'' پھنسی پھنسی آواز میں مریض نے پوچھا۔

''سب ہیں۔'' نائیک سیدھا کھڑا ہوتے ہوئے مسکرایا۔

''کہاں ہیں؟'' آواز بہت دھیمی تھی لیکن ہونٹوں کی جنبش سے اس نے مفہوم سمجھ لیا۔

مریض کی آنکھیں اس کا جواب سننے کے لیے پارے کی طرح ابل رہی تھیں۔ اس کی بے صبری اپنی بیوی اور بیٹے سے ملنے کے لیے نہیں تھی بلکہ وہ فسادات میں ان کے محفوظ ہونے کا اطمینان کرنا چاہتا تھا۔ ڈاکٹر نائیک کی خاموشی اس کی بے چینی میں اضافہ کرتی جارہی تھی۔ مریض کے گال کا پتلا سا گوشت پھڑکنے لگا اور اس کے ہونٹوں کی کپکپاہٹ بڑھ گئی جیسے وہ کچھ کہنا چاہتا ہو اور کہہ نہ پارہا ہو۔ بستر پر پڑا اس کا دایاں سوکھا سا ہاتھ لرزنے لگا جیسے وہ چادر کو پکڑ کر اٹھنا چاہتا ہو۔ اس کے ہونٹ پھر ہلے اور ڈاکٹر نائیک کی نظر دل کی رفتار دکھانے والے مونیٹر پر پڑی۔ روشنی کا سبز سیال نقطہ نارمل کے گراف سے کچھ اوپر چل رہا تھا۔ مریض کے اضطراب کو دیکھ کر اسے محسوس ہوا جیسے وہ کوئی خدا ہو اور اس کی اپنی مٹھی میں ایک چھوٹا سا جہنم ہو جسے وہ اپنی مرضی اور خواہش کے مطابق استعمال کرسکتا ہو۔ مریض کی آنکھیں بے یقینی، خوف اور بے چارگی سے پھٹی ہوئی تھیں۔

نائیک نے مریض کی آنکھوں میں غور سے دیکھا جیسے آنکھوں سے دماغ کی کیفیت کو سمجھنا چاہتا ہو۔ مریض کی آنکھوں میں ایسی ہی بے چینی تھی جیسے وہ کسی غیر یقینی صورت حال کو نائیک کی آنکھوں میں پڑھنا چاہتا ہو۔ اس کی ہراساں آنکھوں میں پھر وہی سوال تھا: ''میرا بیٹا کہاں ہے؟''

نائیک پلکیں جھپکائے بغیر اس کے چہرے پر جھک گیا اور اپنے ہونٹوں کو سختی سے ایسے بھینچ لیا جیسے وہ ایک لفظ بھی اپنی زبان سے ادا نہ کرنا چاہتا ہو۔

''تم...... کچھ...... بولتے کیوں نہیں۔'' مریض کی نحیف آواز کانپنے لگی۔

نائیک کی سفاک خاموشی مریض کے دل میں سوئیوں کی طرح چبھنے لگی۔ میں یہاں پڑا ہوں اور وہ سب پتا نہیں کس حال میں ہوں گے؟ محافظ کتوں کو ختم کر کے مکان کی چار دیواری کو پھاند کر کوئی بھی اندر داخل ہوسکتا ہے۔ پہرے دار اور سیکورٹی والے اس خون خرابے میں

کہیں اپنے بیوی بچوں کی حفاظت کے لیے نہ چلے گئے ہوں...... پھر میرے گھر اور میرے بیوی بچوں کی حفاظت کون کر رہا ہوگا؟ ...... مریض کی آنکھیں خوف اور اندیشوں سے نم ہو گئیں۔ مونیٹر کے اسکرین پر سبز سیال نقطہ مریض کے دل کی طرح ایک بار پھر مضطرب ہو گیا۔

''تمہیں آرام کی سخت ضرورت ہے۔ ٹیک ریسٹ۔'' ڈاکٹر نائیک نے جھک کر اس کے کانوں میں سرگوشی کی۔ اس کی آنکھیں دہشت سے پھیل گئیں۔ ڈاکٹر نائیک خود کار دروازہ کھول کر اسے آئی سی یو کے سرد کمرے کی سفاک خاموشی کے سپرد کر کے باہر نکل آیا اور وہ خوف اور بے چارگی سے بند دروازے کو ایسے تکنے لگا جیسے اسے کسی کی آمد کا اندیشہ ہو!

☆☆☆

# گیلارڈ ہوٹل

— نسیم بن آسی

یہ کیسے ممکن ہے کوئی جنگل کو دیکھے اور پیڑوں کی بھیڑ کو نظر انداز کردے۔ جنگل کا تصور تو انھیں پیڑوں سے ہے۔ جب تک پیڑوں کا شاداب جھنڈ پھیل نہیں جاتا، زمین کا موسم نہیں بدلتا جڑوں کی تو خیر کوئی بات نہیں، وہ کبھی نظر نہیں آتیں لیکن شاخوں اور پتیوں کا تو جنگل سے صاف رشتہ ہے۔ پیڑ اپنی وسعت کے اصول میں جنگل ہی کا ایک حصہ ہیں اور تنہا پیڑ بھی اپنے آپ میں پورا جنگل ہوتا ہے لیکن اس کا تحفظ اور آزادی جنگل کے بغیر ممکن نہیں۔

میں کمرے میں بیٹھا دھیرے دھیرے غائب ہو رہا تھا— ایسا اُس وقت ہوتا ہے جب میرا وجود تھکاوٹ یا ذہنی آسودگی کے باعث اونگھنے لگتا ہے۔ رات دیر سے سونے کا اثر تھا۔ باہر کی دھوپ پیڑوں کی شاخوں سے ہوتی ہوئی کھڑکی کے ذریعہ کمرے میں اپنا قبضہ جما رہی تھی۔ سامنے کے مکان سے کوئی مترنم آواز فضا میں منتشر ہونے لگی اور میرے اندر کی غنودگی اپنے آپ میں معدوم ہوتی چلی گئی۔

کبھی کبھی محسوس ہوتا ہے اپنی زندگی قرینے سے ترتیب دینے کے لیے مجھے بہت وقت چاہیے جو میرے پاس کبھی نہ ہوگا۔ اس نئے شہر میں آنے کے بعد میں نے جن مقامات کو سب سے پہلے دیکھنے کا فیصلہ کیا تھا۔ ان میں گیلارڈ (Gay Lard) ہوٹل بھی تھا۔ کچھ نام ایسے ہوتے ہیں جو بلاوجہ اپنی طرف متوجہ کرتے ہیں۔ جب میرے میزبان نے بتایا، اس ہوٹل کے نام پر ایک بہت بڑا علاقہ بھی آباد ہے تو میرے تجسس میں اور بھی اضافہ ہوگیا۔ معلوم ہوا جہاں یہ ہوٹل ہے، پہلے وہاں کچھ نہ تھا۔ ہر طرف میدان، جنگل اور جھاڑیاں تھیں۔ آس پاس چھوٹے بڑے پہاڑ تھے۔ بعد میں وہاں کل کارخانے لگ گئے۔ ملازمین کی ضروریات پوری کرنے کے لیے ہوٹل معرض وجود میں آیا۔ پھر آہستہ آہستہ جنگل صاف کرکے لوگوں نے وہاں مکان بنائے۔ پھر یہ علاقہ گیلارڈ ہوٹل کے نام سے مشہور ہوگیا۔

مجھے یاد ہے، مرے والد جس نئے شہر میں جاتے تھے وہاں کی روداد اپنی ڈائری میں ضرور لکھتے تھے۔ ان کے پاس ایک ضخیم ڈائری تیار ہوگئی تھی جو اُن کی الماری میں پڑی گرد آلود ہوتی رہتی تھی۔ میرا ارادہ اسے کتابی شکل میں شائع کرانے کا تھا لیکن ایک رات زور کی بارش ہوئی، ہواؤں کا جھکڑ بھی چلا۔ میرا بوسیدہ مکان پانی سے بھر گیا جہاں ان کی بہت سی کتابیں اس طوفان میں تلف ہوگئیں۔ یہ ڈائری بھی ضائع ہوگئی۔

میں نے فیصلہ کیا کہ اپنی مصروفیات میں سے وقت نکال کر اُس ہوٹل کو ضرور دیکھوں گا۔ اور اپنے والد کی طرح اپنے تاثرات قلم بند کروں گا۔ میں بستر پر پڑے اپنی کتابوں، کاغذوں اور سگریٹ کے پیکٹوں کو درست کرنے لگا، رات ماریہ نے پلنگ پر جو چادر بچھائی تھی، اس پر سلوٹیں آگئی تھیں جو میری طبیعت پر گراں گزر رہی تھیں میں انھیں بھی ٹھیک کرنے لگا۔

اتنے میں ماریہ چائے لے کر آگئی لیکن چائے دیکھتے ہی موڈ خراب ہوگیا۔ مجھے کیا پتہ تھا کہ وہ ہمیشہ کی طرح پیالی کو لبالب بھر کر لائے گی اور چائے ٹیبل پر رکھتے ہی کچھ ضرور چھلک جائے گی۔ میں اسے کتنی ہی بار کہہ چکا ہوں، کپ کو تھوڑا خالی ہی رکھا کر و لیکن اس کی کھوپڑی میں عقل کہاں۔

کیا بات ہے؟

کچھ نہیں۔

ازدواجی تعلقات کو خوش گوار بنانے کے لیے بہت سی باتیں نظر انداز کردینی ہوتی ہیں۔ اس دن وہ گلابی رنگ کا بلاؤز اور ہلکے ہرے رنگ کی ساڑی پہنے ہوئے تھی جو اس کی گوری اور صحت مند جلد پر خوب جم رہی تھی۔ اس لباس کی وجہ سے اُس کی ڈھلتی جوانی کا احساس نہیں ہو رہا تھا۔

ماریہ نے چائے ٹیبل پر رکھ دی تھی۔ میں سامنے پڑے صوفے پر آکر بیٹھ گیا۔ بید کا بنا ہوا یہ صوفہ اپنے ماڈل میں ایک دم نیا تھا۔ اس پر نیلے کپڑے کے کشن تھے جن پر کشمیری کشیدہ کاری کی گئی تھی۔ اتنے میں ہوا کا ایک ہلکا جھونکا آیا اور دروازے اور کھڑکیوں پر لگے ہرے رنگ کے پردے ہلنے لگے۔

چائے دیر سے میرے حواس پر حاوی تھی۔ اصل میں ہم چائے کے اتنے عادی ہو گئے ہیں کہ اس کے بغیر زندگی ادھوری معلوم ہوتی ہے لیکن چائے کا پہلا گھونٹ پیتے ہی میری طبیعت جھنجلا گئی۔ چائے بہت میٹھی تھی۔ آخر مجھ سے برداشت نہ ہوا۔

کتنی چینی ڈالی ہے— ؟

کیوں، کیا بات ہے؟

میں ہمیشہ کہتا ہوں، کم چینی ڈالا کرو۔ مجھے ذیابیطس کا خطرہ لاحق رہتا ہے لیکن تمھیں اس کی پرواہ کہاں؟

اس کے بعد تو ہم دونوں میں جھگڑا ہی ہو گیا اور پھر ثابت ہو گیا کہ عورت کو آدم کی بائیں پسلی سے پیدا کیا گیا ہے جس کے باعث اسے کوئی بات سمجھانا عبث ہے۔

میں نے چائے پیتے ہوئے گھڑی دیکھی۔ دن کے گیارہ بج رہے تھے۔

میری نگاہ سڑک پر گئی، کوئی ٹھیلا گاڑی ٹریفک کی وجہ سے رک گئی تھی۔ اس میں دو گدھے جُتے ہوئے تھے۔ سامان کا وزن ان کی قوت سے زیادہ معلوم ہوتا تھا۔ ہمارے میزبان نے بتایا تھا کہ کراچی میں اسے گلشن گاڑی کہتے ہیں۔ اس پر میں مسکرا دیا تھا۔ یہاں کے لوگوں کی حسن مزاجی کی داد دینی چاہیے۔ ساری تعریف اس خدا کی جس نے گدھوں کو بنایا اور جو آدمی کے پاس آکر اور بھی بڑے گدھے بن گئے۔

میں چائے کے گھونٹ بادلِ ناخواستہ حلق سے انڈیلتے ہوئے گیلارڈ ہوٹل کے بارے میں سوچ رہا تھا۔ میں نے ماریہ سے بات کی۔ مجھے امید تھی، وہ تیار ہو جائے گی لیکن وہ ٹال مٹول کر رہی تھی لیکن میں نے اس جگہ کی تاریخی اہمیت اُسے سمجھائی تو وہ راضی ہو گئی پھر پورے گھر میں ہوٹل دیکھنے کی خبر پھیل گئی۔ بچے بھی چلنے کے لیے تیار ہو گئے۔ میری دونوں بھانجیاں سازینہ اور نازینہ بھی ساتھ لگ گئیں۔ پوری ایک پلاٹون تھی جسے لے کر ہم گھر سے باہر نکل آئے۔ اب ہم سڑک پر سواری گاڑی کے لیے مارے مارے پھر رہے تھے۔

اس جگہ سے پک اَپ ملے گی۔

سازینہ کے اس مشورے کے مطابق ہمیں سڑک پار کرنی تھی۔ اکثر ایسا ہوتا ہے کہ جب اور جہاں سڑک پار کرنے کی سوچیے، اسی وقت اور وہیں گاڑیوں کا تانتا لگ جاتا ہے، اور آدمی اپنے آپ کو اور گاڑیوں کو کوسنے لگتا ہے۔ پھر کراچی میں تو آدمی کم اور گاڑیاں زیادہ نظر

آتی ہیں۔ اُس دن بھی ایسا ہی ہوا۔ ہر طرف بسوں ٹھیلوں اور کاروں کی لائنیں لگ گئیں۔ گاڑیوں کا تانتا ختم ہونے کا نام ہی نہیں لے رہا تھا۔ زمین پر گاڑیاں اور آسمان پر سورج آدمی جائے تو جائے کہاں۔ بادل کا ایک ٹکڑا بھی نظر نہیں آرہا تھا۔ حوا کی بیٹیوں کا چہرہ تپ کر تانبا ہو رہا تھا۔ اوپر سے پسینے کی ننھی ننھی بوندیں جوان کے چہروں کو بے رونق بنا رہی تھیں۔ مجھے موسم کی بے رحمی پر بے حد غصہ آرہا تھا۔ صفیہ نے میرا ہاتھ پکڑ لیا تھا۔

ابو سڑک خالی ہوگئی۔

اور ہم سب لپک کر سڑک کے پار ہوگئے۔ بہت دیر تک کوئی پک اپ نہیں آئی، معلوم ہوا، پک اپ والوں نے ڈیزل کی قیمت میں اضافہ کے احتجاج میں ہڑتال کردی ہے۔ اب ہم ایک دوسرے کو الجھی ہوئی نظروں سے دیکھ رہے تھے۔ ماریہ کا چہرہ یکا یک اُداس ہوگیا۔ میرے جی میں آئی۔ اُس کی اُداسی دور کرنے کے لے اُسے گدگدادوں لیکن بچوں کا خیال آگیا۔ اپنے کو قابو میں رکھنے کے لیے یہ سوچ کتنی معاون ثابت ہوتی ہے۔

اچانک سلیٹی رنگ کی ایک ٹیکسی ہمارے سامنے آکر کھڑی ہوگئی۔

کہاں جانا ہے؟

گیلارڈ ہوٹل۔

پچاس روپے ہوں گے۔

خان صاحب! واجب بولیے۔

اچھا پینتالیس روپے دے دیجیے گا۔

عرفان ٹیکسی کے دروازے کھولنے لگا۔ میں نے اُسے ڈانٹ دیا۔

کم بخت! ابھی تو میری کمائی کھا رہا ہے۔ خود کمائے گا جب پتہ چلے گا، روپیہ کہاں سے آتا ہے۔ پک اپ صرف پچیس روپے میں وہاں پہنچا دیتی ہے۔

ماریہ اور دوسری لڑکیاں اڑ گئیں، اسی سے چلیے نا۔ ہم کب تک انتظار کریں گے—؟

لیکن یہ بہت زیادہ مانگ رہا ہے۔ میری اس بات پر سب خاموش ہوگئے۔ اب وہ بول رہے تھے نہ ٹیکسی کی طرف دیکھ رہے تھے۔ میرے اندر کوئی چیز ٹوٹ کر پیوست ہوگئی۔ میں اپنی کم مائیگی پر کفِ افسوس ملنے لگا۔ میں نے پھر ٹیکسی والے کی طرف دیکھا۔

خان صاحب! کچھ اور کم کرو۔

لیکن وہ آگے بڑھ گیا۔ ساری لڑکیاں جواب سے پہلے چہرہ تھیں، صرف آنکھیں ہی آنکھیں نظر آ رہی تھیں جن میں عجیب بے بسی اور لاچاری تھی۔

اب ہم کسی دوسری ٹیکسی کا انتظار کر رہے تھے جو آ بھی رہی تھی، نہیں بھی۔ بعد میں کتنی ٹیکسیاں آئیں لیکن سب بھری ہوئی تھیں اور ہمیں بے کار کھڑا رہنے کا احساس دلا کر گزر گئیں ـــ ہمارے بعد بھی وہاں کچھ لوگ آ گئے جس سے اچھا خاصہ مجمع لگ گیا۔ میں بار بار ماریہ کی طرف دیکھ رہا تھا جو اس ہجوم میں بھی اپنے آپ کو تنہا محسوس کر رہی تھی۔ جب ہی ایک ٹیکسی آئی جو ایک دم خالی تھی لیکن جب تک ہم اس کی طرف بڑھتے دوسرے اُس پر قابض ہو گئے اور وہ اُنہیں لے کر آگے بڑھ گئی۔ ہم پھر کسی اور ٹیکسی کا انتظار کرنے لگے۔

دیر تک کوئی ٹیکسی نہیں آئی۔

اس سے تو اچھا ہے، ہم اس پروگرام کو ہی ملتوی کر دیں۔

پھر کہاں چلیں گے ـــ؟

اس پہاڑ پر جہاں مزار شریف ہے۔ یہ قریب بھی ہے۔ پیدل ہی جا سکتے ہیں۔ کہتے ہیں، کوئی خلوصِ نیت سے وہاں جائے تو مرادیں پوری ہوتی ہیں۔

ماریہ کی باتیں سن کر میرا دماغ ماضی کی ہوا میں اڑنے لگا۔ کبھی کبھی ہوائیں اتنی تیز ہو جاتی کہ وہ پتے کو پیڑ سے ایک جھٹکے میں الگ کر دیتی۔ میرے اندر بچپن کے بہت سے پتے ایک ساتھ پھڑ پھڑانے لگے ـــ بچپن کی ایک بات مجھے اب بھی یاد تھی۔ ہمارے محلے میں ایک بابا آیا کرتے تھے۔ اُن کی ہم بہت عزت کرتے تھے۔ ان کی لمبی سفید داڑھی ہمیں بہت مرعوب کرتی تھی۔ اُن کی ہر بات پر ہم آنکھ بند کر کے یقین کر لیتے تھے۔ ایک بار انھوں نے کہا، رات کو سوتے وقت سرِ ہانے بندر کی دم رکھنے سے دماغ تیز اور چنچل ہو جاتا ہے۔ ایسا بچہ امتحان میں کبھی فیل نہیں ہوتا۔ اس کے بعد میں نے ایک مداری سے بندر کی دم خرید لی تھی۔

کہاں کھو گئے ـــ؟

کہیں نہیں۔

پھر واپس چلو۔

لیکن میرے حواس پر گیلارڈ ہوٹل حاوی تھا جسے میں کسی بھی قیمت پر دیکھنا چاہتا تھا۔ میں نے ماریہ کے خیالات کو بدلنے کے لیے تو ہم پرستی پر ایک خاصی تقریر جھاڑ ڈالی۔ اور اُسے

گیلارڈ ہوٹل کی تاریخی اہمیت سے آگاہ کیا۔ کچھ پس وپیش کے بعد وہ جانے کے لیے تیار ہوگئی۔

کچھ دیر بعد ایک ٹیکسی آکر رُکی۔ وہ خالی تھی۔ میں نے اُس کا کرایہ دریافت کیا۔ اُس نے پہلے والے سے کم بتایا۔ ہم فوراً اُس میں سوار ہوگئے۔ کچھ دیر بعد ہماری ٹیکسی دوسری سڑک پر آگئی جس کے دونوں طرف چھوٹی چھوٹی دکانیں تھیں۔ اُن میں عمارتی سامان، فرش اور دیواروں پر لگانے کے لیے سنگ مرمر کے چھوٹے چھوٹے ٹکڑے اور گھر گرہستی کے لیے سنگ مرمر کے خوب صورت نقش ونگار والے ظروف رکھے ہوئے تھے۔ ہم سب کھڑکی کی طرف جھک گئے اور متجسس نگاہوں سے آس پاس کے ماحول کا جائزہ لینے لگے۔ ایک سنیما گھر کے سامنے کھڑے کچھ لوگ اُس کے پوسٹروں کو دیکھ رہے تھے۔ بڑی بڑی دکانیں، شفا خانے اور جدید طرز کی عمارتیں ہم استعجاب سے دیکھ رہے تھے۔ ایک چوراہے پر بھیڑ تھی جس کے باعث ہماری ٹیکسی کو رکنا پڑا لیکن جلد ہی راستہ صاف ہوگیا۔ میں نے کیمرے کو بیگ سے نکال لیا اور درست کرنے لگا۔ میرے والد صاحب بھی کسی نئے مقام پر جاتے تھے، یہ کیمرہ اُن کے ساتھ ضرور ہوتا تھا۔ جب وہ بستر مرگ پر تھے، انہوں نے مجھے بلا کر یہ کیمرہ میرے ہاتھ میں دیا تھا—

بیٹا! اب میں جارہا ہوں۔ تم اسے سنبھالو۔ میرے کام کو اب تم انجام دینا۔ کچھ دیر بعد ڈرائیور نے ٹیکسی روک دی۔ بس یہیں تک۔ ہم ٹیکسی کا دروازہ کھول کر باہر نکل آئے۔ پک اپ کی ہڑتال اور مسافروں کی بھیڑ کی وجہ سے وہ پھر جلد ہی بھر گئی۔ اب ہم کھڑے اجنبیوں کی طرح اِدھر اُدھر دیکھ رہے تھے۔ میں نے ایک دکان دار سے پوچھا—

گیلارڈ ہوٹل کہاں ہے؟

یہی تو ہے۔

گیلارڈ ہوٹل، جس کے نام پر یہ علاقہ آباد ہے۔

معلوم نہیں۔

میں نے آگے بڑھ کر دوسرے دکان دار سے دریافت کیا جو بیڑی سلگا کر ناک سے دھواں نکال رہا تھا—

مجھے بھی معلوم نہیں۔

کچھ فاصلے پر ایک آدمی نظر آیا جو بوشرٹ پتلون، اور ٹائی میں ملبوس تھا۔ اُس کے سر کے بال گردن پر جھول رہے تھے۔ چہرہ کلین شیو تھا۔ میں نے اُس کی شکل وصورت اور حلیہ سے اندازہ لگایا، شاید اُسے معلوم ہو، میں نے اُس سے گیلارڈ ہوٹل کا پتہ پوچھا اور اُس کی طرف پر امید نظروں سے دیکھنے لگا۔ اُس نے اپنے کالے چشمے کو سر کے اوپر چڑھالیا اور مجھے عجیب نگاہوں سے دیکھا۔

کس کے پاس اتنا وقت ہے جو اس کے بارے میں معلومات رکھے۔

سورج نصف سے زیادہ سفر طے کر چکا تھا۔ ہمارے میزبان نے بتایا تھا کہ یہاں اندھیرا ہوتے ہی جرائم پیشہ لوگوں کی نقل وحرکت جاری ہو جاتی ہے۔ اس لیے لوٹنے میں دیر نہیں کرنی چاہیے۔

ہم دیر تک راہ نوردی کرتے رہے۔ یہاں تک کہ میری بیوی اور بچے پوری طرح تھک گئے اور اب اُن کے قدم مزید چلنے سے انکار کر رہے تھے۔ آخر میں مجھے ایک سفید ریش شخص نظر آیا جو سڑک کے کنارے کسی سوچ میں کھڑا تھا۔ میں نے اُس سے اپنا تعارف کرایا اور گیلارڈ ہوٹل کے بارے میں جاننا چاہا۔ اس پر وہ ہمیں لے کر گنجان آبادی سے ہوتا ہوا ایک کشادہ سڑک پر آ گیا جس پر کاروں، ٹمپوؤں اور آنے جانے والوں کی کثیر تعداد میں آمد ورفت تھی۔ پھر وہ ایک پارک کے پاس آکر رُک گیا—

وہ سامنے گیلارڈ ہوٹل ہے۔

میں نے اُس کا شکریہ ادا کیا۔ اور اُس سے رخصت لی۔ گیلارڈ ہوٹل سڑک کے کنارے واقع تھا اور دھوپ میں جل رہا تھا۔ اس کی دیواروں سے معلوم ہوتا تھا، عرصہ دراز سے اُن کی مرمت اور سفیدی نہیں ہوئی ہے۔ اُس کا نام بھی دھندلا ہو گیا تھا اور صاف نظر نہیں آرہا تھا۔ جگہ جگہ سے دیواروں کا پلاسٹر جھڑ گیا تھا۔ اندر کا حصہ بھی دھواں سے کالا ہو گیا تھا۔ اس کے باہر کوئی بوڑھا ایک خستہ چار پائی پر آدھا لیٹا، آدھا بیٹھا نظر آرہا تھا۔ شاید وہی اس ہوٹل کا مالک تھا۔ اُس کے پاس ہی بیٹھا ایک خارش زدہ کتا ہمیں دیکھ کر کھڑا ہو گیا۔ وہ زبان نکال کر پریشان نظروں سے ہمیں دیکھ رہا تھا۔ میرا دل چاہا، اس کے چکتوں کو تھپتھپاؤں— اُس پر ہاتھ پھیروں—؟

یہی ہے تمہارا ہائی وڈ کا جراسک پارک—؟

میں ماریہ کی بات کا کوئی جواب نہ دے سکا اور خلاء کی طرف دیکھنے لگا۔ سائنس داں عجیب دغریب دعوے کرتے ہیں۔ اُن کے مطابق کہیں کچھ بھی ضائع نہیں ہوتا۔ ہماری بات چیت، رونا، ہنسنا، سب خلاء میں آواز کی لہروں کی شکل میں محفوظ ہیں۔ ہزاروں سال پہلے کے انسانوں کی باتیں بھی سائنسی آلات میں محصور کر کے سنی جاسکتی ہیں۔ ہم اپنے آباء کی آوازوں کو سننے کے لیے ترستے ہیں۔ ان آلات کے ذریعہ ہم اُنہیں دوبارہ سن سکتے ہیں۔ کیا لوگ گیلارڈ ہوٹل کی داستان بھی کبھی سن سکیں گے؟

سڑک کی دوسری طرف گیلارڈ ہوٹل کے مقابل ایک پانچ ستارہ ہوٹل تھا جس کے سامنے نئے ماڈل کی چمکتی کاریں کھڑی تھیں۔ اُس کی پوری عمارت سنگ مرمر سے تعمیر کی گئی تھی۔ اُس کی گیٹ پر دودھیا برقی ہنڈے نصب تھے۔ جدید انداز کے دروازے پر سنہری کلغی والا دربان سفید قمیص اور پتلون پہنے کھڑا تھا۔ قمیص کے اوپر واسکٹ تھی جس پر بڑے بڑے پھول دار بٹن لگے ہوئے تھے۔ وہ دور ہی سے چمک رہے تھے۔ دروازہ کے زینوں کے دونوں طرف شاداب گملوں کی قطاریں تھیں۔ لان کی سنہری مخملی گھاس پر کچھ غیر ملکی سیاح چہل قدمی کررہے تھے۔

مجھے وہ جانور نظر آگیا جو پہاڑ جیسی جسامت کا تھا۔ اس کا جبڑا بہت بھاری اور زبان لمبی تھی۔ وہ آگ اُگل رہا تھا۔ وہ جس راستے سے گزرتا تھا، وہاں آگ لگ جاتی تھی۔ جنگل کا پورا وجود جل رہا تھا۔ کچھ دیر بعد وہ دوسری شکل میں تبدیل ہونے لگا۔ اس کے رنگ، حرکات وسکنات میں فرق آنے لگا۔ وہ ہوا میں اڑ رہا تھا۔ وہ ہوا، پانی، آگ اور مٹی سب پر مسلط ہوجانا چاہتا تھا۔ یہاں تک اس نے سورج کو جالیا......

ہم صبح سے بھوکے تھے۔ ہمیں اپنے پیٹوں میں خالی پن محسوس ہورہا تھا۔ میں بچوں اور ماریہ کو لے کر ہوٹل میں داخل ہوگیا۔ تین چار نوکر میلے کچیلے کپڑوں میں گھوم رہے تھے۔ وہ ہمیں دیکھتے ہیں ہمارے پاس آکر کھڑے ہوگئے۔ جس میز کے پاس ہم بٹھائے گئے اُس کا ایک پایہ ٹوٹا ہوا تھا۔ ہم دوسری خالی میز کی طرف دیکھنے لگے جو کہیں نظر نہیں آرہی تھی۔ دو تین میزیں اور تھیں جن پر لوگ خورد ونوش میں مصروف تھے۔ کچھ دیر بعد کھانا لگ گیا۔ کھانا بھی کیا تھا، بھنڈی کی سبزی، چاول، دال اور روٹی۔ اس پر بھی بھوک کی وجہ سے وہ ہمیں اچھا معلوم ہورہا تھا۔

کھانا کھانے کے بعد میں نے ہرزاویے سے گیلارڈ ہوٹل اور اس کے آس پاس کی تصویریں اتاریں۔ سورج اپنی آخری منزل کی طرف سے جانے کی تیاری کررہا تھا۔ ہم لوگ وہاں سے جلد لوٹنے کے بارے میں سوچنے لگے۔ میں نے ایک بار پھر گیلارڈ ہوٹل کی طرف دیکھا جس پر شام کی ہلکی ہلکی دھند چھارہی تھی۔۔۔ ہم آگے بڑھتے جارہے تھے۔۔۔اور وہ ہماری آنکھوں سے اوجھل ہوتا جارہا تھا۔

گھر آکر میں نے تصویروں کی دھلائی کی۔ وہ بہت ہی خوبصورت آئی تھیں لیکن اُن میں بھی گیلارڈ ہوٹل کہیں غائب تھا۔

☆☆☆

# راستے بند ہیں سب
## (مہدی جعفر کے نام)

—اسرار گاندھی

رات خیمہ زن ہو چکی تھی۔

وہ بے آواز قدموں سے سیڑھیاں چڑھتا ہوا چھت کی طرف جا رہا تھا۔ چھت پر پہنچ کر وہ چہار دیواری کی آڑ میں بیٹھ گیا تا کہ دوسری چھتوں پر سے دیکھا نہ جا سکے۔ اس نے نظریں آسمان کی جانب اٹھائیں تو دیکھا کہ نیلگوں آسمان میں آگ کی لپٹوں کی سرخی شامل ہو چکی ہے۔ یہ سرخی کئی دنوں سے یوں ہی آسمان کے نیلگوں رنگ کا حصہ بن رہی تھی۔ اسے احساس ہوا کہ یہ سرخی آج کچھ زیادہ ہی گہری ہے۔ اس نے اپنی گردن اٹھائی اور چھت کی چہار دیواری کے اس پار دیکھا تو اندازہ ہوا کہ وہ شعلے جو کل تک اس گھر سے خاصے دور تھے آج کافی قریب آ چکے ہیں۔ کل اسے صرف سرخ شعلے ہی دکھائی دے رہے تھے، آج ان شعلوں میں چیخ پکار کی انتہائی دردناک آوازیں بھی شامل تھیں۔ اسے تھرتھری سی لگ گئی۔ فضا میں ایک عجیب طرح کی سنسنی تھی جس کی سنگینی محسوس کی جا سکتی تھی۔

وہ بڑی مشکل سے نیچے اترا۔ اس کے چہرے پر خوف کے سائے رقص کر رہے تھے۔ نیچے آ کر اس نے دیکھا کہ اس کی بیوی کوکنگ گیس کے دو سلنڈر لیے کمرے میں کھڑی ہے۔ اسے بیوی کے ساتھ سلنڈروں کو کمرے میں دیکھ کر حیرت ہوئی۔ اس نے بیوی پر سوالیہ نظریں ڈالیں۔

''میں یوں ہی بغیر جدو جہد کے مر جانے کی قائل نہیں ہوں۔'' وہ اسے دیکھتی ہوئی بولی۔

''میں سمجھا نہیں؟''

''میں ان حالات میں اس دنیا سے تنہا نہیں جاؤں گی بلکہ ان گیس سلنڈروں کی مدد سے اپنے ساتھ دوسروں کو بھی لے کر جاؤں گی۔''

وہ کھوئی کھوئی آنکھوں سے بس ایک ٹک بیوی کو دیکھے جارہا تھا۔ پھر اس نے ایک جھرجھری سی لی اور اپنے حواس میں پوری طرح سے واپس آگیا۔ وہ آگے بڑھا اور بیوی کی پیٹھ تھپتھپاتا ہوا بولا۔

''میں جانتا ہوں کہ تم بے حد نڈر ہو لیکن شاید آج اس کی ضرورت نہ پڑے۔''

''دہشت بھری آوازیں تو کافی قریب آتی جارہی ہیں۔'' وہ بولی۔

''ہاں شور اور شعلے تو کافی قریب آچکے ہیں لیکن اتنے قریب بھی نہیں کہ اس گھر تک آج ہی پہنچ جائیں۔ ممکن ہے کہ کل رات وہ لوگ اس کالونی کو اپنا نشانہ بنائیں۔ ویسے بھی اس بڑی کالونی میں ہمارے جیسے گھر ہی کتنے ہیں۔ بس چار یا پانچ۔ انہیں نیست نابود کرنے میں وقت ہی کتنا لگے گا۔ ہمارے نام تو آسانی سے پہچان لیے جاتے ہیں۔'' وہ آسمان کی طرف دیکھتا ہوا بولا جہاں اب صرف سرخی ہی سرخی باقی رہ گئی تھی، آسمان کا نیلگوں رنگ رخصت ہو چکا تھا۔

چند لمحوں کے لیے خاموشی چھا گئی۔ اس نے بیوی کی طرف دیکھا جو دھیرے دھیرے سلنڈروں کو کھینچتی ہوئی کچن کی طرف واپس لے جارہی تھی۔

وہ بیڈروم کی طرف بڑھ گیا۔ پھر چند منٹوں کے بعد اس کی بیوی بھی وہیں آگئی۔

''کیا نفرت اتنی بھی بڑھ سکتی ہے کہ انسان اور جانوروں کے درمیان کوئی فرق ہی نہ رہا، ہاں بس جانور اپنے نام نہیں رکھتے اور یہ دوسری بات ہے کہ نام کبھی کبھی بڑے خلفشار کی وجہ بنا دئے جاتے ہیں۔'' وہ دھیرے سے بولی جیسے اپنے آپ سے مخاطب ہو۔

''نفرت اپنے آپ کبھی نہیں بڑھتی۔ بڑھائی جاتی ہے، بے حد منظم طریقے سے۔ یہ نفرت اس نظام زندگی کی دین ہوتی ہے جہاں لوگ اپنے سوا کسی اور کو دیکھنا نہیں چاہتے۔''

''میں کچھ سمجھی نہیں؟''

''ہاں شاید تم سمجھ نہ سکو کہ سادہ دلی انسان کو بہت سی باریکیوں کی سمجھ سے بے نیاز کر دیتی ہے۔'' وہ اسے سوچ میں ڈوبی ہوئی آنکھوں سے دیکھتا ہوا بولا۔ پھر کرسی پر سے اٹھ کر اضطراری انداز میں ٹہلنے لگا۔

وہ ٹہلتے ٹہلتے ایک لمحے کے لیے رکا اور بے سلاخوں والی کھڑکی کو کھول کر تھوڑی سی گردن باہر نکالی اور چاروں طرف کا جائزہ لینے لگا۔

دوسری منزل پر ہونے کی وجہ سے اسے پوری کالونی صاف نظر آرہی تھی۔ نیم تاریکی میں اس پوری کالونی کو قدرے غور سے دیکھنے کی کوشش کی تو سناٹے میں آ گیا۔ کالونی کے احاطہ میں کئی پرچھائیاں متحرک تھیں۔ اس نے ان پر چھائیوں کو پہچاننے کی کوشش کی لیکن تاریکی آڑے آئی اور وہ انہیں پہچان نہ سکا۔

اس نے سوچا کہ شاید یہ لوگ کالونی سے باہر کے ہوں، لیکن یہ یہاں کیا کر رہے ہیں؟ یہ کس مقصد سے دروازے دروازے جا رہے ہیں؟ اسے الجھن سی محسوس ہوئی۔

اس نے اپنی نظریں اس کی طرف سے ہٹالیں اور سامنے والے خاں صاحب کے گھر کی طرف دیکھنے لگا۔ وہاں پوری طرح سے سناٹا تھا۔ شاید وہ لوگ سرِ شام ہی کہیں اور چلے گئے تھے۔

یہاں سے چلا تو اسے بھی جانا چاہئے تھا لیکن وہ اپنے پڑوسی اور چند دوسرے لوگوں کے سمجھانے بجھانے کی وجہ سے ٹھہرا رہا۔ اس نے محسوس کیا کہ اس سے یہ غلطی ہوئی ہے۔

خاں صاحب کے گھر سے اس کی نظریں ہٹیں تو پھر ان پر اسرار پر چھائیوں پر جا ٹکیں جو اب کالونی کے بیچوں بیچ بنے ایک چھوٹے سے پارک میں براجمان تھیں۔ اسے لگا کہ جیسے وہاں کوئی میٹنگ ہو رہی ہو۔

وہ کھڑکی بند کر کے مڑا تو دیکھا کہ بیوی لیٹ چکی ہے۔ وہ بھی اس کے پاس آ کر لیٹ گیا۔

اب بھی کہیں دور سے چیخ پکار کی آوازیں بلند ہو رہی تھیں۔

اس نے شور کی طرف سے اپنا دھیان ہٹانے کے لیے اپنے کمرے کا جائزہ لینا شروع کیا۔ پھر اس کی نگاہیں بک شلف پر ٹک گئیں۔ اتنی بہت سی کتابیں۔ ان کتابوں میں کیا کچھ نہیں لکھا تھا۔ لیکن کیا واقعی ان کتابوں کا کچھ مطلب بھی ہے؟ کیا یہ کتابیں کسی خاص لمحے میں اپنی معنویت کھو دیتی ہیں؟

اس نے سوچا کہ ان کتابوں کے درمیان سے اس کی اپنی لکھی ہوئی کتابیں بھی تو وجود میں آئی ہیں۔ کتنی محنت کی تھی اس نے ان کتابوں کے لکھنے میں، لیکن فائدہ کیا ہوا؟ کیا یہ آگ کے شعلوں کو بجھا سکیں۔ چیختے، تڑپتے اور زخموں سے چور لوگوں کا مرہم بن سکیں؟

اسے لگا کہ اس نے اپنی اہم زندگی کا خاصہ وقت ضائع کر دیا۔

اس نے محسوس کیا کہ جیسے ایک گہری مایوسی اس کے اردگرد دھیرے دھیرے اپنا شکنجہ کستی جارہی ہو۔

اس نے سوچا کہ کل تک کتنے لوگ مر چکے تھے کتنے آج مر جائیں گے۔ کتنی قیمتی چیزیں کل تک راکھ ہو چکی تھیں کتنی چیزیں آج جل کر سیاہ ہو جائیں گی۔ ممکن ہے کہ کل کتابوں کی یہ شلف باقی نہ رہے اور اس کی جگہ پہ راکھ ہی راکھ رہ جائے اور کون جانتا ہے کہ وہ خود کہاں ہو؟ ہو بھی یا نہ ہو۔

اس نے محسوس کیا کہ جیسے اس کے گھر میں خوف، بے بسی اور نفرت کے ناگ چھپے بیٹھے ہیں اور اسے جکڑنے کے لیے اپنا گھیرا تنگ کرتے جارہے ہیں۔

اس نے رات بڑی بے سکونی میں گزاری۔

اس نے کئی بار کوشش کی تھی کہ وہ بیوی کے جسم میں پناہ لے لے لیکن یہ کیسی یخ زدگی تھی جو اس کے پورے جسم میں سرایت کر گئی تھی۔ نہ کہیں کوئی جنبش، نہ کسی طرح کی گرمی جیسے وہ غیریت بھری لاش ہو گیا ہو۔

پھر کسی کے دروازہ کھٹکھٹانے پر ہی وہ اٹھا۔

''کون ہو سکتا ہے اتنی صبح صبح۔'' وہ دھیرے سے بڑبڑایا۔

دروازہ پھر کھٹکھٹایا گیا۔ ساتھ ہی کسی کی آواز آئی۔

''سو رہے ہو کیا؟''

یہ آواز اس کے پڑوسی کی تھی۔

اس نے آہستہ آہستہ چل کر دروازہ کھول دیا۔

''کہو کیسے ہو؟'' پڑوسی نے اسے دیکھ کر پوچھا۔

وہ کچھ بولا نہیں بس چپ چاپ اسے دیکھتا رہا۔

پڑوسی نے دھیرے سے اس کی پیٹھ تھپتھپائی اور دبے لہجے میں بولا۔

''تم آج کہیں اور چلے جاؤ، میں نے تمھیں صرف کل تک کے لیے یقین دلایا تھا۔''

وہ پھر کچھ نہیں بولا۔ پڑوسی رخصت ہونے والے انداز میں مسکرایا اور اپنے گھر کی طرف بڑھ گیا۔

وہ واپس کمرے میں آیا تو دیکھا بیوی جاگ رہی ہے۔

''کون تھا؟''

''بغل والے''

''کیا کہہ رہے تھے؟''

''آج کہیں اور چلے جاؤ، اب گارنٹی نہیں لی جاسکتی۔'' وہ رک رک کر بولا۔

''میرے خیال میں وہ ٹھیک کہہ رہے ہیں، بے سبب جان دینے کا کوئی مطلب نہیں ہوتا۔''

''ہاں سوچیں گے۔''

وہ باتھ روم کی طرف چل پڑا۔

ناشتہ کرتے وقت اس کی نظریں وال کلاک کی طرف اٹھیں تو دیکھا کہ نو بج رہے ہیں۔ ناشتہ کرنے کے بعد وہ کہیں جانے کی تیاری کرنے لگا۔

''کہاں؟''

''بس ذرا نیچے۔مسز بنرجی کے پاس۔''

''کوئی اور موقع ہوتا تو وہ چڑھ جاتی مگر اس وقت وہ کچھ بولی نہیں۔ بس بیزار آنکھوں سے اسے جاتا ہوا دیکھتی رہی۔

گراؤنڈ فلور پر ہو کا عالم تھا۔ ہر طرف کھڑکیاں اور دروازے جو کھلے رہ کر ڈھارس دیا کرتے تھے، آج لوگوں نے سختی سے بند کر رکھے تھے۔ اس نے ادھر ادھر نظریں دوڑائیں تو کہیں دور دور تک وردی والا کوئی پہرے دار نظر نہ آیا۔ وہ سرعت سے مسز بنرجی کے دروازے پر پہنچا اور دروازے کو آہستہ سے کھٹکھٹایا۔

دروازہ کھلا اور وہ تیزی سے اندر داخل ہو گیا۔

کمرے میں بیٹھی مسز بنرجی کینوس پر کچھ پینٹ کر رہی تھیں۔ اسے دیکھتے ہی انھوں نے برش رکھا اور اٹھ کر اس کے پاس آگئیں۔

''کیا پینٹ کر رہی تھیں؟''

''ایسے ماحول میں کیا پینٹ کیا جا سکتا ہے؟'' انھوں نے انگلیوں سے رنگ صاف کرتے ہوئے الٹا سوال کر لیا۔

کچھ جواب دینے کے بجائے وہ کمرے کی دیواروں کا جائزہ لینے لگا جن پر مسز بنرجی کی تخلیق کی ہوئی بہت سی پینٹنگز آویزاں تھیں۔ اس نے ہمیشہ محسوس کیا تھا کہ مسز بنرجی کی

نفرت رنگوں پر بڑی مضبوط ہے اور انھیں معلوم تھا کہ رنگوں کے لہجے میں بات کیسے کہی جاتی ہے۔ ان کی کئی تصویریں میجک ریلزم کا شاہکار سمجھی جا رہی تھیں۔

''تم نے میری بات کا جواب نہیں دیا؟'' وہ اسے دیکھتی ہوئی بولیں۔

''کیا جواب دوں آپ کو؟ آپ سمجھ سکتی ہیں کہ میں کس ذہنی کیفیت سے گزر رہا ہوں۔''

''میں سمجھ سکتی ہوں۔'' وہ اسے رحم آمیز نظروں سے دیکھتی ہوئی بولیں۔

چند لمحوں کے لیے خاموشی چھا گئی۔ پھر اس خاموشی کو مسز بنرجی نے ہی توڑا۔

''تمہیں معلوم ہے، رات میں نے کھڑکی کھولی تو دیکھا کہ تمہارا پڑوسی چھ سات لوگوں کو لیے ہوئے کالونی کے لوگوں سے مل رہا ہے۔ بعد میں اس نے سامنے والے پارک میں چھوٹی سی میٹنگ بھی کی۔

''میرا پڑوسی؟''

''ہاں تمہارا پڑوسی، تم شاید نہیں جانتے کہ وہ انتہا پسند ہے۔ اس کے پاس نفرت کے ڈھیروں بیج ہیں، جنہیں بونے کے لیے وہ موقع تلاش کرتا رہتا ہے۔''

اسے اچانک یاد آیا کہ ایک بار اس کے پڑوسی نے کسی بات پر اس سے کہا تھا کہ جب دیش ترقی کی راہ پر آگے بڑھتا ہے تو کبھی کبھی بہت سے بے گناہوں کی بلی چڑھ جاتی ہے۔ دیش کی ترقی بے گناہوں کی موت سے زیادہ اہم ہے۔

''صبح وہ میرے پاس آیا تھا۔'' وہ ماضی سے حال میں آکر بولا۔

''کیوں؟ کیا کہہ رہا تھا؟''

''آج یہاں سے کہیں اور چلے جاؤ۔''

اس کی بات سن کر مسز بنرجی کو چپ سی لگ گئی۔ پھر دیر تک خاموشی چھائی رہی۔ اس خاموشی پر پہلا کنکر مسز بنرجی نے ہی پھینکا۔ ''تمہیں وہ صبح یاد ہے نا جب اچانک زہریلی گیس پوری فضا میں پھیل گئی تھی اور لوگ اپنی جان بچانے کے لیے بھاگ رہے تھے۔ موت سانسوں کی راہ سے ان کے جسموں میں اتر رہی تھی۔ لوگوں کا ذہن اتنا بے سدھ ہو گیا تھا کہ مائیں اپنی اولاد کو چھوڑ چھوڑ کر بھاگی جا رہی تھیں۔ کوئی کسی کا پرسان حال نہ تھا۔ دوسری طرف بہت سے لوگ یہ دیکھے بغیر کہ کون کیا ہے، ایک دوسرے کی مدد کر رہے تھے۔''

مسز بنرجی نے ایک لمحے ٹھہر کر گہری سانس لی اور گفتگو کا سلسلہ شروع کیا۔

''اس وقت صرف انسان زندہ رہ گیا تھا، باقی سب کچھ مر گیا تھا۔ آج صرف انسان مر گیا ہے باقی سب کچھ زندہ ہے۔ کیا ہو گیا ہے اس شہر کو؟ پہلے ایسے حادثات تو کبھی نہ ہوئے تھے، سنو، میری بھی رائے یہی ہے کہ شام کو جب تھوڑی دیر کے لیے پہرے ہٹیں تم کسی محفوظ جگہ چلے جاؤ۔ میں تمہیں کھونا نہیں چاہتی۔''

وہ بے بسی سے مسز بنرجی کو دیکھتا رہا۔

''تمہارا یہاں رہنا ہم دونوں کے لیے خطرناک ثابت ہو سکتا ہے۔'' وہ اسے سمجھانے والے انداز میں بولیں۔

''آپ ٹھیک کہہ رہی ہیں، میں خود بھی حالات کو سمجھ رہا ہوں۔ مجھے جان بچانے کے لیے اپنا گھر چھوڑ کر جانا ہوگا، اس سے بڑھ کر اذیت اور کیا ہو سکتی ہے۔ مسز بنرجی مجھے محسوس ہو رہا ہے کہ جیسے ایک تناور درخت کو جڑ سے اکھاڑ کر دوسری جگہ لگانے کی کوشش کی جا رہی ہو۔ لیکن لوگ یہ بھول رہے ہیں کہ اس درخت کو اکھاڑنے کے بعد جو جگہ خالی ہوگی، وہ اتنی زہریلی ہو جائے گی کہ وہاں صرف اور صرف کٹیلی جھاڑیاں ہی اگ سکیں گی۔ زمین بھی اپنا بدلہ لیتی ہے۔''

مسز بنرجی اس کی بات سن کر چپ رہیں، لیکن ان کے چہرے سے ان کی تشویش بھری ذہنی کیفیت پوری طرح عیاں تھی۔

کچھ دیر بعد وہ اپنے گھر واپس لوٹ آیا۔

شام ہو چلی تھی اور پہرے ایک گھنٹے کے لیے ہٹا لئے گئے تھے۔

وہ دونوں گھر میں تالا لگا کر نیچے اترے اور سیدھے مسز بنرجی کے دروازے پر آ کر کھڑے ہو گئے۔

وہ باہر نکلیں اور ان لوگوں سے اپنی کار میں بیٹھ جانے کا اشارہ کیا جو دوسری طرف کے فٹ پاتھ پر لگی ہوئی کھڑی تھی۔

کار میں بیٹھنے سے پہلے ان لوگوں نے اپنے گھر کی طرف دیکھا۔ پھر کچھ دیر تک اسے دیکھتے رہے۔ دیکھتے رہے۔

مسز بنرجی کو ان آنکھوں میں ملال کے سائے تیرتے ہوئے نظر آئے۔ انہیں اپنا دل

بھی ڈوبتا ہوا

پھر وہ کار میں بیٹھ کر مسز بنرجی کو اپنی منزل کا پتہ سمجھانے لگے۔

راستے بھر گہری خاموشی نے کنڈلی مار رکھی تھی۔ کوئی بیس پچیس منٹ بعد اس نے مسز بنرجی سے کار روک لینے کو کہا۔

''ارے یہاں کہاں؟ تمہیں تو اور آگے جانا ہے۔'' وہ کار روکتے ہوئے بولیں۔

''ہاں جانا تو ہے، یہاں سے ہم دونوں ٹہلتے ہوئے چلے جائیں گے۔ یہاں کسی طرح کا کوئی خطرہ نہیں ہے۔''

''ارے بھئی یہاں کہاں اترو گے۔ میں تمہیں تمہارے عزیز کے گھر پہنچائے دیتی ہوں۔''

''نہیں مسز بنرجی نہیں۔ میں نہیں چاہتا کہ آپ بھی اسی خطرہ سے دو چار ہوں، جس خطرے سے نکال کر آپ مجھے یہاں لائی ہیں۔ یہاں سے واپس چلی جایئے۔ میں بھی آپ کو کھونا نہیں چاہتا۔''

وہ تینوں ایک دوسرے کی آنکھوں میں دیکھتے رہے۔ اچانک ان پر الوداعی نظر ڈالتے ہوئے ایک جھٹکے کے ساتھ مسز بنرجی نے اپنی کار آگے بڑھائی اور دھیرے دھیرے یوٹرن (U Turn) لیتی ہوئی واپس لوٹ پڑیں۔ وہ دونوں اس وقت تک کار کو دیکھتے رہے جب تک کہ وہ آنکھوں سے اوجھل نہ ہوگئی۔

وہ دونوں بوجھل مگر جمے جمے قدموں سے آگے بڑھ رہے تھے۔ ان کے کاندھوں پر شولڈر بیگ لٹکے ہوئے تھے، جس میں انھوں نے گھر سے نکلتے وقت اپنے کچھ قیمتی سامان رکھ لیے تھے۔ انہیں قیمتی سامانوں میں اس کی نئی کتاب کا مسودہ بھی تھا۔

اگلے دن اس نے اخبار میں پڑھا کہ رات کچھ لوگوں نے مشہور مصور مسز بنرجی کی کار میں آگ لگادی۔ اس نے سوچا کہ شاید انہیں بچانے کے لیے مسز بنرجی کو یہ سزا دی گئی ہے۔

کوئی پندرہ دن بعد ایک صبح انہیں معلوم ہوا کہ شہر کو پہرے سے مکمل طور پر نجات مل گئی ہے۔

وہ گھر سے نکلا تو اس کا شیو بری طرح بڑھا ہوا تھا۔ آنکھوں سے وحشت جھانک رہی تھی۔ وہ اردگرد کو اس طرح دیکھتا چل رہا تھا کہ جیسے وہ کسی اجنبی شہر میں داخل ہو گیا ہو۔

سیکڑوں بار کی دیکھی ہوئی چیزیں اسے دوسری نظر آرہی تھیں۔ وہ تمام خطروں سے بے نیاز بس اپنی دھن میں بڑھتا چلا جارہا تھا۔ اس کا رخ اپنے گھر کی طرف تھا۔

پھر وہ راستہ بھٹک گیا۔ اس نے محسوس کیا کہ اس راہ پر وہ اکیلا نہیں ہے بلکہ جانے کتنے اور ہیں جو بھٹک کر اجنبی اور خطرناک راہوں پر نکل کھڑے ہوئے ہیں۔

اس بھٹکاوے کے درمیان اسے مسز بنرجی بڑی شدت سے یاد آتی رہیں۔

☆☆☆

# یہ تنگ زمین

— ترنم ریاض

میں نے جب اپنے خریدے ہوئے خوبصورت کھلونوں کو ڈھیر کی شکل میں لاپرواہی سے ایک کونے میں پڑا ہوا دیکھا تو مجھے دکھ سا ہوا۔ یہ کھلونے کتنے چاؤ سے لائی تھی میں اس کے لیے۔ یہ چھوٹا سا پیانو ...... یہ جلترنگ ...... یہ چھوٹی سی گِٹار، چہکنے والی ربر کی بلبل، ٹیں ٹیں بولنے والا طوطا، اور ڈرم بجاتا ہوا ٹیڈی بیئر۔ اور سب سے بڑھ کر یہ Synthesisor جس میں سو قسم کی دھنیں تھیں، جن سے کئی اور دھنیں بن سکتی تھیں۔ جس میں موسیقی کے ہر آلے کی آواز تھی۔

مگر اس نے انھیں چھوا تک نہ تھا۔ وہ تو ایسے کھلونوں کا عاشق تھا۔ کیا وہ خود کو اب میرا نہیں سمجھتا یا اب اسے مجھ سے محبت نہیں رہی۔ وہ جسے میں نے دل کے ایک ٹکڑے کی طرح برسوں سینے میں چھپائے رکھا۔ وہ جس نے میری مجروح ممتا پر اُس وقت اپنی معصومیت کا پھاہا رکھا تھا جب میرے دامن میں کھلنے والا پہلا پھول چند سیکنڈ کے بعد ہی مرجھا گیا تھا۔ جب میرے ہونٹوں پر لوریاں صدا پانے سے پہلے ہی بے سُر ہو گئی تھیں اور روٹھی ہوئی نیند کو میں نصف شب تک رو رو کر، کروٹیں بدل بدل کر منانے کی کوشش کیا کرتی تھی۔ تب ایک سرد رات کے گیارہ بجے میرے شوہر اسے گود میں لیے ہوئے لوٹے۔ اس نے ٹوئیڈ کا دھاریوں والا ننھا سا پھرن پہن رکھا تھا اور مجھے دیکھتے ہی اس نے اپنی غیر معمولی لمبائی والی منی منی پلکیں پھڑ پھڑا کر کسی روبوٹ کی طرح جلدی سے کہا تھا:

''آنٹی مت لوییے۔ میں آگیا۔ اب مت لوییے۔''

کہ اس کے انکل جنھیں وہ اکل جی کہتا تھا اسے راستہ بھر یہ ہی سکھا کر لائے تھے۔ میں مسہری سے اٹھ کر آنسو پونچھتی ہوئی ان کے قریب گئی اور اسے گود میں لے کر سینے میں چھپالیا۔ اُس کے سردی سے ٹھٹھرے چہرے کو میں نے جلتے ہوئے کلیجے سے لگالیا۔ میرے دل سے خون رِسنا تھم گیا۔ اس کے گھنگریالے بالوں کو میں نے آنسوؤں سے دھو دیا۔

''نہیں روؤں میں؟ کیا تم میرے پاس رہو گے۔ اپنی ماما کے پاس نہیں جاؤ گے؟ آنٹی کے ہی پاس رہ جاؤ گے بولو؟''

''ہاں آنتی پاش رہ جاؤں گا۔ لوج لوج مجھ کو بکی اور چال کیٹ دو گے؟''

اس نے اپنا ادھ چبا چاکلیٹ منہ میں ڈالنے کی کوشش میں اپنے گال پر مل لیا اور خرگوش کی سی تیزی سے ادھر اُدھر ہلا کر پوچھا۔ پھر پھرن کی اُس جیب میں ہاتھ ڈال دیا جس میں کچھ اور چاکلیٹ اور بسکٹ تھے۔

میری تڑپتی ہوئی ممتا کو صبر آ گیا۔

وہ میری بہن کا بیٹا تھا اور میرے شوہر بظاہر میری تڑپ کو بہلانے اور اصل میں خود اپنے دل کے قرار کی خاطر اُس دن اُسے اُس کے گھر سے لے آئے تھے۔ اس کی قربت پا کر میں بھول گئی کہ میری ممتا کے ساتھ اتنا بڑا ناخوشگوار حادثہ پیش آیا تھا۔ بھولی نہیں بھی تھی مگر بہل ضرور گئی تھی۔ وہ مہینوں میرے پاس رہتا اور کبھی اس کی امی اسے لینے آتی تو باقاعدہ وعدہ کر کے جاتا کہ کب لوٹے گا۔ پھر میرے پاس آنے کے لیے ان کی ناک میں دم کر دیتا اور طے شدہ وقت سے پہلے ہی چلا آتا۔ اس کی ماں بھی اسے کچھ زیادہ نہ روکتی کہ میرا درد وہ جانتی تھی۔

وہ واپس آ جاتا تو بہار آ جاتی گھر میں۔ اس کی عادتیں بھی دل موہ لینے والی تھیں۔ فطرت کا اس قدر عاشق کہ ہر وقت باہر لان میں کھیلتا۔ کمروں میں تو جیسے اسے اپنا آپ مُقید محسوس ہوتا۔ میری انگلی پکڑ کر کھینچتا ہوا، ننھے ننھے جوتے پہنے چھوٹے چھوٹے تیز تیز قدم اٹھاتا ہوا باہر لے جاتا۔ کبھی پھولوں پر غور کرتا یا کسی تتلی کا پیچھا کرتا ہوا، کبھی گھاس میں چھپے مینڈکوں کو بھگاتا ہوا گیٹ سے باہر نکل جاتا جہاں چنار کے بہت سے پیڑوں کے پرے جھیل نظر آتی تھی۔ وہاں پہروں ایک جگہ کھڑا جھیل کو دیکھتا رہتا یا چنار کے بڑے سے تنے پر چھوٹا سا ہاتھ دھر کر گول گول گھومتا، یا اس کے کھوکھلے تنے میں چھپ کر مجھے تلاش کرنے کو پکارتا۔ میں کتنی بار اندر چلی جاتی کہ پیچھے پیچھے آتا ہوگا مگر مجھے پھر باہر جانا پڑتا اس کی تلاش میں اور میں اسے اپنی دھن میں مگن ہری ہری گھاس پر لیٹا ہوا نیلے نیلے آسمان کو تاکتا ہوا پاتی۔ وہ صبح سے شام کر دیتا کہ پرندے بولنے لگتے۔ کئی طرح کے پرندے چناروں کی اونچی نیچی شاخوں پر آ بیٹھتے اور اپنے اپنے آشیانوں میں شب بھر چھپ جانے سے پہلے کچھ دیر ان ٹہنیوں پر ستاتے چہکتے

ایک لطیف سا شور برپا کر دیتے اور وہ اُس میں کھو جاتا۔ مجھ سے ان کے نام پوچھتا اور یاد رکھتا۔ یہ بلبل ہے، یہ پپیہا ہے، یہ کستوری ہے، یہ ابابیل ہے، یہ فاختہ ہے، یہ مینا ہے......اور ہر پرندے کی بولی پہچان لیتا اور ہو بہو نقل اتارتا۔ جب کوئی پرندہ نیچے کی ٹہنیوں سے اڑ کر اوپر گھنی شاخوں میں کہیں گم ہو جاتا تو وہ پہروں گھوم گھوم کر اسے تلاش کرتا۔

کوئی نیل کنٹھ پاس کی جھیل سے اپنی لمبی نیلی چونچ میں کوئی تڑپتی ہوئی روپہلی مچھلی آڑھی دبوچ کر لاتا اور اسے سیدھی نگل جانے کی دھن میں بار بار اگلنے لگتا اور ناکام ہو کر کسی اونچی موٹی سی ٹہنی پر اسے پٹخ پٹخ کر کھاتا تب وہ بھاگ کر اندر سے اپنی ننھی سی دوربین اٹھالاتا اور باقاعدہ مشاہدہ کرتا۔ مجھے بھی اس کے ذہین بھول پن کو نہارنے کے علاوہ اور کسی کام میں لطف نہ آتا۔ اس کے ایسے ہی بھول پن اور محویت کا فائدہ اٹھا کر میں اسے کھلا پلا دیتی ورنہ فطرت کے اس پرستار کو میں باہر سے اندر لا تا اگر بھول جاتی تو وہ کہیں باہر ہی سو جاتا، چاند کو گھورتا ہوا، تاروں کو دیکھتا ہوا اور صبح جب اسے شبنم جگاتی تو شاید وہ پھر کسی بُد بُد کو مٹی کی ننھی ننھی ڈھیریوں میں سے چھوٹے چھوٹے کیڑے ڈھونڈتے ہوئے دیکھنے میں کھو جاتا۔

میرے شوہر کہیں شہر سے باہر جاتے تو فون پر اسی کی باتیں کرتے مجھ سے۔ ہماری زندگیوں کا حصہ بن گیا تھا وہ۔ ذہین بے انتہا تھا وہ، یادداشت غضب کی۔ موسیقی کا دلدادہ ایسا کہ کسی دن دھول میں اٹا ستار کا غلاف اتار کر میں اسے بجانے لگتی تو دیکھتی کہ وہ بغیر تھکے تقریباً پون گھنٹہ اپنے ہی انداز میں اپنا ایجاد کیا ہوا کوئی رقص کرتا رہتا۔ اس کے ننھے منے ہاتھ پیر نہ تھکتے۔ کبھی ایک ٹانگ آگے کو جارہی ہے کبھی پیچھے کو تو کبھی سامنے کے تکیے پر ایک آدھ لات رسید کی جارہی ہے۔ کبھی ایک ٹانگ سے یا کبھی دونوں ٹانگوں سے کودا جارہا ہے اور دونوں ہاتھ ہوا میں لہرائے جارہے ہیں۔ سر بائیں کو مڑتا پھر تھوڑی دیر بعد دائیں کو اور اس طرح کی ہر حرکت میں میں دیکھتی کہ ایک ردھم ہوتا۔ وہ جھوم جھوم جاتا۔ پسینہ پسینہ ہو جاتا۔ میں دیکھ دیکھ کر ہنستی۔ پھر ستار چھوڑ کر اسے گود میں بھر لیتی۔ وہ حیرت سے دیکھتا کہ آخر ایسا کیوں، پھر اور بجانے کی ضد کرتا۔ میں بہلانے لگتی:

''ذرا آنکھیں بند کرو۔'' وہ آنکھیں میچ لیتا۔

''یہ لمبی پلکیں کہاں سے لائے؟''

'باجار سے۔'' وہ بھول پن سے جواب دیتا۔

''کتنے میں.....؟''

''دولوپے میں۔'' وہ آنکھیں پھیلا کر ابرو اٹھا کر دو پر زور دے کر کہتا۔ یہ بھولی بھالی باتیں مجھے زندگی کا احساس دلائے رکھتیں۔ اس کی آمد سے میرا ذہنی تناؤ دور ہو گیا تھا۔

اللہ نے میری بھی گود بھر دی۔

وہ کچھ بڑا ہوا تو اسکول میں داخل کروا دیا گیا۔ اب وہ صرف Week End پر آتا۔ پھر سال بھر بعد ہمارا ٹرانسفر ہو گیا۔ ہم وہاں سے چلے آئے۔

اس کی جدائی کا غم پتھر کی سِل کی طرح سینے پر رکھا تھا۔ میں نے ہمیشہ اسے پہلوٹھی کے بیٹے کی طرح چاہا اور اس سے الگ ہو کر اس کے لیے ایسے ہی تڑپی جیسے ماں بچے سے بچھڑ کر تڑپتی ہے۔ اُسی نے تو اپنے بچپن کو پہلے پہل میری گود میں جگہ دی تھی۔ مجھے ممتا اور محبت سے آشنا کرایا تھا۔

وہ بھی ہم دونوں کو برابر یاد کرتا۔ ہم سے ملنے کو مچلتا۔ فون ہی کچھ تسلی تھا دل کو۔ کافی دیر بات چیت چلتی۔ میں فون پر کہتی کہ ذرا آنکھیں بند کرو۔ وہ فوراً آنکھیں بند کرتا۔ میں پوچھتی کہ یہ پلکیں کہاں سے لائے تو ویسی ہی سنجیدگی سے کہتا کہ باجار سے۔ دولوپے میں۔ اس کے چھوٹے سے دماغ میں یہ خیال نہ آتا کہ میں تو اس کی بند پلکوں کو دیکھ ہی نہیں سکتی۔ اُس کی امی مجھے بتایا کرتیں۔

پھر ایسے ہی دو تین سال گزر گئے۔ کبھی فون Connect ہوتا کبھی کئی دن گزر جاتے۔ میرے دل سے اس کی محبت ذرا کم نہ ہوئی۔ اس کی یاد میں میری آنکھیں بھر آتیں، چھلک جاتیں۔ دل اُسے ایک نظر دیکھنے کو تڑپ اٹھتا۔ باہیں اسے سینے سے لگانے کو مچلتیں۔ روح جدائی کے غم سے درد کرتی اور میں دل پر پتھر رکھ لیتی۔ اپنے بچوں میں صبر ڈھونڈ لیتی کہ صبر کرنا میں نے اسے پا کر ہی سیکھا تھا۔

ایک عرصے سے ہم بھی اور وہ لوگ بھی ملنے کا پروگرام بنانا چاہتے تھے اور ملاقات تھی کہ طے ہی نہ ہو پاتی تھی۔ کچھ یہاں کا موسم کچھ اُدھر کے حالات......

اب کے سردیاں شروع ہوئیں تو وہ لوگ سچ مچ ہی آ گئے۔ مجھے تو انھیں دیکھ کر بھی ان کی آمد کا یقین ہی نہیں آرہا تھا۔ اس کا قد تھوڑا سا لمبا ہو گیا تھا۔ تتلاہٹ ختم ہو گئی تھی۔ پہلے سے کچھ کم گو ہو گیا تھا مگر دیکھنے میں ویسا ہی پیارا۔ دل موہ لینے والی صورت، کالی کالی بھولی سی

آنکھیں. لمبی گھنی پلکیں۔ سیب جیسے گال اور سرخ سرخ کان۔ ہاتھ پاؤں وہی گورے، مکھن کے پیڑوں ایسے۔ مجھ سے لپٹا تو میں رونے ہی لگ پڑی اور وہ کتنی ہی دیر ہنستا چلا گیا۔ میں نے ہچکیاں لیتے ہوئے مسکرا کر کہا:

''ذرا آنکھیں بند کرو۔''

اس نے آنکھیں جھکالیں۔ میں نے پوچھا یہ پلکیں کہاں سے لائے تو شرما کر مسکرا دیا۔ میرے گھر میں بہاریں آگئی تھیں۔ گھر میں کھانا اسی کی پسند کا بنتا۔ میں اسے طویل Drive پر لے جاتی۔ میرا سارا وقت اس کا ہو گیا تھا۔ مجھے میری گم گشتہ جنت مل گئی تھی۔

ایک دن صبح صبح گولیاں چلنے کی آواز سے میری آنکھ کھل گئی۔ بھاگی بھاگی باہر نکلی تو دیکھتی ہوں کہ وہ بالکنی میں کھڑا منھ سے مختلف قسم کی گولیاں چلنے کی آوازیں نکال رہا تھا۔ ایسی مہارت سے کہ ان کے نقلی ہونے کا شک تک نہ گزرے۔

یہ سارا قصور میرا ہی تھا۔ وہ کتنے دن سے آیا تھا اور میں اس کے لیے ایک بھی کھلونا نہیں لائی تھی۔ اسی دن شام کو میں اس کی پسند کے کھلونے خرید لائی۔ جب وہ سو گیا تو میں نے وہ سارے کھلونے اس کی مسہری پر سجا دیے کہ صبح جاگتے ہی دیکھے گا تو کتنا خوش ہوگا۔ دوسرے دن اتوار تھا۔ میں ذرا دیر سے جاگی۔ دیکھا کہ سارے کھلونے ایک طرف کو ایک ڈھیر کی شکل میں رکھے ہوئے ہیں اور وہ غائب۔ میں نے اس کی ماں سے پوچھا تو بولیں کہ سب بچے بڑے کمرے میں کھیل رہے ہیں۔

بڑے کمرے کے دروازے پر اس کی ننھی سی بہن ہونٹوں پر انگلی رکھے پہرا دے رہی تھی۔

''شی ادھر نہیں جانا۔ فائرنگ ہو رہی ہے۔'' وہ مجھے خبردار کرتے ہوئے سرگوشی سے بولی۔ اندر جھانکا تو عجیب منظر دیکھا۔ سارے گھر کے تکیے اور سرہانے ایک کے اوپر ایک اس طرح رکھے ہوئے تھے جیسے ریت کی تھیلیاں رکھ کر مورچے بنائے جاتے ہیں۔ وہ درمیان میں اوندھا لیٹا ہوا ایک بڑی سی لکڑی کو بندوق کی طرح پکڑے منھ سے مختلف طرح کی گولیوں کی آوازیں نکال رہا ہے اور اس کے دائیں بائیں میرے دنوں بچے اپنی چھوٹی چھوٹی پلاسٹک کی بندوقیں لیے اس کا ساتھ دے رہے ہیں۔ وہ جیسے حکم کرتا وہ دونوں ویسا ہی کرتے۔ کبھی ایک بھاگ کر ایک کونے میں گھستا، کبھی دوسرا دوسرے کونے میں یہ ہی عمل دہراتا۔ کبھی ایک یک

ریک کی آڑ میں ہو کر دوسری طرف کودتا، کبھی دوسرا الماری کے پیچھے چھپ کر، جست لگا کر دیوار کے ساتھ چپک جاتا اور وہ خود مورچہ سنبھالے کبھی ان کو ہدایت کرتا کبھی ان پر بندوق تان دیتا۔

اب یہ ہی اس کا پسندیدہ کھیل تھا۔

وہ میٹھی بولیاں، وہ رقص، وہ موسیقی ..... وہ بھول گیا تھا اور یہ سب یاد دلانے کے لیے میں شاید اسے کہیں نہیں لے جا سکتی تھی۔

☆☆☆

# خدا کا بندہ

— رحمان عباس

**(1)**

بارش بمبئی کی بعض بستیوں کے لیے قہر ہے— شاید ان علاقوں میں جرائم پیشہ افراد کی کثرت ہونے کی وجہ سے اللہ انھیں اپنی جباریت یاد دلاتا رہتا ہے۔ گلیوں میں ٹخنوں تک کیچڑ جمع ہو جاتا ہے۔ بعض گھروں کی چھتوں سے بارش گھر بستر پر اتر آتی ہے۔ کپڑوں سے عجیب سی بُو آنے لگتی ہے۔ موری میں کیچوے اور جانے کتنے چھوٹے موٹے کیڑے مکوڑے رینگتے رہتے ہیں۔ میونسپلٹی کے نل کے پانی میں تال پتری کے ٹپکتے ہوئے قطرے بھی شامل ہو جاتے ہیں۔ چوہے، گھونس اور مُرغیاں گھر دروازے کے اردگرد سکڑے سہمے دعائے مغفرت میں ادھ مرے نظر آتے ہیں۔ ایسے میں اپنے کبوتروں کے بھیگتے ہوئے ڈربے کو تال پتری سے ڈھانپتے ہوئے سید عبدالباری کی بے قراری کو بھیگتا ہوا دیکھا جاسکتا ہے۔ انھیں ان کبوتروں سے بے پناہ محبت ہے اور وہ ساری باتیں جو وہ کسی سے نہیں کہتے من ہی من اپنے کبوتروں کو مخاطب کر، کیا کرتے ہیں۔ آس پاس کی مسلم آبادی کے نوجوان ان کے سامنے سے گزرتے ہیں تو ان کی نگاہیں نیچی اور زبان پر ''السلام علیکم باری بھائی..... '' رہتا ہے۔ باری بھائی کی دھاک کیوں ہے؟ یہ کسی کو نہیں پتہ، مگر سب پر ان کی دھاک سی ہے۔ اپنی زندگی میں انہوں نے کبھی مرڈر نہیں کیا۔ کبھی لڑکوں کا غنڈا گردی میں ساتھ نہیں دیا۔ کبھی کسی سیاسی پارٹی کے ساتھ نہیں رہے مگر وہ لوگ بھی جو کوئی قتل کا تجربہ رکھتے ہیں یا سیاسی پارٹی کے کارکنان ہیں، تبلیغ جماعت کے علاقائی امیر صاحب، جماعت اسلامی کے جنرل سیکریٹری، سبھی ان کی عزت کرتے ہیں جبکہ باری بھائی نے اپنی زندگی میں سنِ بلوغ کے بعد کبھی نماز نہیں پڑھی۔ کبھی دعا کے لیے ہاتھ نہیں اٹھائے۔ کبھی سر پر ٹوپی نہیں رکھی۔

آس پاس کی لڑکیاں ان کے دیکھتے ہی دیکھتے جوان ہوگئیں باری بھائی نے کسی کو کبھی پریشان نہیں کیا مگر جو بھی ان کے سامنے سے گزرتی سر پہ دوپٹا سیدھا کر، سر جھکا کر سلام کرتی— اور دبی زبان میں کہتی: ''باری بھائی کبھی ہمارے گھر بھی آیئے نا؟''— گویا باری بھائی کو بستی کی تمام لڑکیوں کے گھر یاد ہوں۔ اب تو باری بھائی کو یہ بھی یاد نہیں رہتا کہ کون کس کی بیٹی ہے؟

**(2)**

بارش کے ان ہی قہر رسیدہ اور خدا کی جباریت کے عروج کے دنوں میں باری بھائی اپنے کبوتروں کے ڈربے پر تال پتری چڑھا کر، خوب اطمینان کر لینے کے بعد دو مہینے کے لیے گورکھپور چلے جاتے۔

باری بھائی امیر و کبیر آدمی نہ تھے۔ بستی کی مسجد سے ملحق اُن کی بہت ہی معمولی سی پان کی دکان تھی۔ یہ مسجد کا دروازہ اور یہ بائیں ہاتھ پر ان کی پانچ بائی پانچ کی دکان جس میں سگریٹ، گوٹھکا، اور چھوٹے موٹے چاکلیٹ وہ فروخت کیا کرتے تھے۔ دکان سے پانچ منٹ کے فاصلے پر ان کی کھولی تھی۔ دس بائی پندرہ کی۔ 16 سال پہلے اس کھولی کی دیواروں نے ان کی اہلیہ کو دیکھا تھا جو شادی کر کے ان کے ساتھ آئی تھی۔ حمل ٹھہر جانے کے بعد اس کے والدین اسے گاؤں لے گئے۔ لڑکے کی ولادت کے بعد وہ کپڑے مٹھائی لے کر گاؤں گئے۔ بیوی کے ساتھ کچھ روز ٹھہرے، واپسی کا جب ارادہ ظاہر کیا تو بیوی نے بمبئی کے اس کیچڑ میں واپس آنے سے صاف انکار کر دیا۔ انہوں نے بہت اصرار کیا مگر اس کی منطق تھی۔ ''جب باہر گاؤں (مطلب سعودی عرب وغیرہ) جو مرد جاتے ہیں ان کی بیویاں تو گاؤں میں ہی رہ جاتی ہیں۔ آپ بھی سال میں ایک بار آیا کرو— '' باری بھائی راضی ہو گئے اور ان کی زندگی ایک سیدھے راستے پر گامزن ہوگئی— سال میں دو مہینے گاؤں میں گزارتے ہوئے بھی اللہ نے انھیں چار بچوں سے نوازا مگر پھر وہ کبھی اتنے خوش نہیں ہوئے جتنے پہلی اولاد کی ولادت پر ہوئے تھے۔

بہ ظاہر ان کی زندگی تن تنہا آزاد بے ارادہ اور بے راہ تھی۔ انھیں کسی سے کوئی شکایت نہ تھی اور نہ ہی کسی کی بہت زیادہ ضرورت۔ صبح سات بجے دکان کھولتے۔ مؤذن جب ظہر کی اذان دیتا یہ دکان بند کر، اپنے مکان پر چلے جاتے۔ کھانا تیار کر کھاتے اور خوب آرام کرتے۔

ا بجے کے آس پاس پھر دکان کھول کر رات 11 بجے تک بوڑھوں، بدمعاشوں، غنڈوں اور گلی کے سیاسی منتریوں کو پان اور ماوا کھلاتے رہتے، حتیٰ کے فسادات کے دنوں میں بھی ان کا معمول نہیں بدلتا۔'' ہاں البتہ جب ایک بار بستی میں پولس نے احتیاط کے طور پر کرفیو لگادیا تھا اس روز ان کی دکان بند رہی۔ اس کرفیو کے دن پولس کی فائرنگ میں بستی کے 3 مسلم لڑکے موت کے گھاٹ اترے، جو اپنے گھر کی کھڑکیوں کے کواڑ کھول کر یہ دیکھنے کے لیے جھانکتے تھے کہ باہر کرفیو کیسا لگتا ہے۔'' باری بھائی کے کبوتروں نے اپنی زندگی میں گولی چلنے کی دلدوز آواز پہلے کبھی نہ سُنی تھی، وہ ڈر سے پھڑ پھڑاتے ہوئے ایسے بھاگے کہ پھر تین چار دن واپس کے نشانات ڈھونڈتے رہ گئے ہوں گے۔

**(3)**

باری بھائی مسجد میں اسی وقت داخل ہوتے جب انھیں حاجت محسوس ہوتی۔ دھندا چھوڑ کر میونسپلٹی کے بیت الخلاء تک جانے سے انھیں ہمیشہ چڑ تھی؛ اس کی بُو سے انھیں شدید نفرت بھی تھی۔ مسجد کے بیت الخلاء کی ایک چابی ان کے پاس برسوں سے تھی۔

مسجد کے امام، خزانچی، ٹرسٹیاں، مؤذن اور ممبران ان کے سامنے آتے جاتے اور مرتے بدلتے رہے ہیں مگر چابی کا اختیار ان کے پاس ہی رہا ہے۔ مسجد سے جڑے ہوئے تمام اشخاص ان کی بے پناہ عزت کرتے ہیں۔ کیا یہ عجیب شخص نہیں لگتا؟ آخر کیا بات ہے کہ بغیر کسی وصف و خوبی کے لوگ اس کے اس قدر گرویدہ ہیں؟

**(4)**

جعفر کی عمر چھ سال تھی، جب اس کی دادی نے باری بھائی کو کھولی 3 ہزار روپیوں میں بیچی تھی۔ جعفر تب سے باری بھائی کو دیکھتا آیا ہے مگر اس کی بھی سمجھ میں یہ بات نہیں آئی ہے کہ آخر ماجرا کیا ہے؟ اس کم بخت باری بھائی میں ایسا کیا ہے؟ اور اسی لیے وہ اکثر و بیشتر باری بھائی کو عقیدت مندانہ نگاہوں سے دیکھتے ہوئے خود سے کئی سوالات پوچھا کرتا۔ ایک دن جمعہ کی نماز کی اذان ہوتے ہی جب باری دکان بند کر اپنی کھولی پر لوٹے تو جعفر ان سے آملا۔ جعفر کو دروازے کے پردے کے باہر گلی میں کھڑے مسکراتے دیکھ کر انہوں نے آواز دی۔

''ارے جعفر وہاں کیوں کھڑے ہو، آؤ آؤ اندر آؤ......''

جعفر کھولی میں داخل ہوا۔

''کیا بات ہے؟''

''باری چاچا میرے کو کچھ جاننے کا ہے۔''

''بول کیا جاننے کا ہے؟''

''باری چاچا۔''

''ہاں بول''

''باری چاچا میں سوچتا ہوں سارے لوگ تمہاری اتنی اجت کیوں کرتے ہیں؟''

''ارے اجت وجت تو اللہ کے ہاتھ میں ہے۔''

''مگر آپ تو نماج بھی نہیں پڑتے...... اللہ سے......''

''نماج نہیں پڑتا تو کیا ہوا......؟''

''جو نماج نہیں پڑتے اللہ تو ان کے ساتھ نہیں رہتا نا؟''

''تو کیا ہوا......؟''

''تو پھر اِجت آپ کو اللہ کیوں دے گا؟''

باری نے غور سے جعفر کو چند ساعتوں دیکھا اور پھر خلاء میں جانے کون تھا جس کو وہ گھورتے رہے۔ تکبیر کے بلند ہونے کی آواز بلند ہوئی تو ...... تو خود بھی جھٹ سے سنبھلے اور مسکراتے ہوئے جعفر سے کہا: ''اچھا دن ہے، آج دیکھ لے...... بس دیکھتے رہنا......''

**(5)**

نمازِ جمعہ ختم ہوئی۔ جعفر نے باری بھائی کے ساتھ بیٹھ کر چائے پی۔ انہوں نے خود کے لیے کھانا وانا بنایا۔ دروازے کے پردے کے پاس سے مؤذن رمضان کی آواز آئی۔

''باری بھائی...... اوہ باری بھائی......''

''چلئے میٹنگ کا ٹائم ہو گیا۔''

''اندر آؤ بھئی...... رمضان! کیا دروازے سے ہی جاؤ گے؟''

''ٹائم ہو گیا ہے دو جن کو اور بولنا ہے۔''

''اچھا تو چل...... میں آیا......''

رمضان گلی کی بھول بھلیوں میں کھو گیا۔ (جہاں پندرہ برس کی لڑکیوں کی دوشیزگی کب کس موڑ پر کہاں کھو جاتی ہے محلے میں کسی کو خیال نہ آتا)۔

باری بھائی نے لنگی کو دوبارہ ٹھیک کیا، شرٹ جھٹکا اور جعفر کے ساتھ مسجد کی جانب بڑھ گئے۔

(6)

مسجد میں منبر سے لگ کر امام حیدر علی سید بیٹھے تھے۔ ان کی بغل میں چیرمین (Chairman) شیخ زاہد عمران، ان کے پاس ہی خزانچی داؤد اور سیکریٹری حمید صدیقی چار ممبران اور دکاندار (جن کی دکانیں مسجد کی دیوار سے لگی ہوئی تھیں) بیٹھے تھے ان کے سامنے باری بھائی اور ان کی پشت پر جعفر...... جعفر کے بائیں ہاتھ پر مؤذن رمضان بیٹھا تھا۔

امام صاحب نے کوئی دعا کی اور اس کے بعد میٹنگ شروع ہوئی۔ خزانچی نے گزشتہ تین جمعہ میں جمع کیے گئے چندے کی رقم بتائی، دکانداروں سے وصول کیے گئے کرایے اور دیگر امداد کی تفصیل بیان کی۔ کچھ اور بھی کام کی باتیں ہوئی ہوں گی۔ پھر باری بھائی نے سوال کیا۔

''زاہد...... رمضان کی پگار بھی بڑائیں گے۔''

زاہد نے باری بھائی کی آنکھوں میں دیکھتے ہوئے کہا: ''ارے باری بھائی پچھلی میٹنگ میں تو بولا تھا۔ کچھ زیادہ بچتا نہیں ہے۔ آگے دیکھیں گے......''

باری نے مڑ کر رمضان کو دیکھا۔ رمضان کی آنکھوں میں کوئی مفہوم تھا جسے پڑھنے کی لیاقت شاید باری بھائی میں سب سے زیادہ تھی۔

''امام صاحب تین میٹنگ میں یہ سنتا آرہا ہوں۔ بولو آپ کیا بولتے ہو......؟''

''ارے آپ باشعور حضرات کی موجودگی میں، میں کیا کہوں؟ آپ سارے حالات سے واقف ہیں۔''

باری کو امام کا یہ جواب بڑا غیر متوقع لگا ہوگا اور کیوں نہ لگے۔ 8 سال پہلے جب پچھلا امام انصاری، خورشید کی لڑکی کو بڑی بنا کر بھاگ گیا تھا تب ایک گارمنٹ میں کام کرنے والے اس حافظ قرآن کو وہاں سے اٹھا کر یہی لے آئے تھے۔ تین سال بعد مرحوم چیرمین عابد بھانکر سے درخواست کر، اس کی تنخواہ 1300 سے بڑھا کر دو ہزار کی پھر دو سال کے عرصے میں سیکریٹری سے خوب بحث وتکرار کے بعد 1000 اور بڑھائی تھی۔ آج وہی امام تین برسوں سے 1200 روپیوں میں کام کرنے والے مؤذن کی تنخواہ میں اضافے کے لیے سفارش تک نہیں کر رہا ہے۔

باری نے رمضان کی آنکھوں میں اٹکے ہوئے پیغام کو پڑھ لیا تھا۔ امام کی اور دیکھتے ہوئے اس سیکریٹری سے مخاطب ہو کر کہا: ''حمید، ترے کو تو مالوم ہے، رمضان کی بیوی ہے۔ ابھی ایک بچی بھی ہوئی وہ بھی بیمار رہتی ہے اور گھر بھی بھاڑے کا ہے۔ 350 تو اس میں جاتے ہیں۔'' رمضان کی آنکھوں میں پیغام پگھل گیا تھا اور جعفر کی آنکھوں میں ایک خاص تجسس جاگ گیا تھا۔

حمید نے امام صاحب سے نظر ملائی اور کہا: ''باری بھائی بات تمہاری صحیح ہے مگر مسجد کے Resources بہت کم ہیں نا؟''

''Resources کم ہیں نا'' کو دہراتے ہوئے باری بھائی بول پڑے: ''حمید کس کو سکھاتا ہے؟'' اور ان کا قہقہہ پھٹ پڑا جس سے میٹنگ میں ایک طرح کی سنجیدگی در آئی۔ درحقیقت باری کو ''مالوم تھا'' کہ ہر سال رمضان کے مہینے میں سعودی عرب کی کانسلیٹ سے ایک موٹی رقم، کھجور اور قرآن کی بے شمار جلدیں دین کے فروغ کے لیے ڈائرکٹ ان ہی کے گھر اتار لی جاتی ہیں۔ کھجور ان کے رشتے داروں میں تقسیم ہو جاتا ہے قرآن کی کچھ جلدیں محلے میں بانٹ دینے کے بعد باقی محمد علی روڈ کے ایک کتب فروش کو اونے پونے بھاؤ بیچ دی جاتی ہیں۔ اب رہی بات روپیوں کی تو ...... اُس کا بڑا حصہ ان کے ذاتی کاروبار میں لگ چکا ہے اور ایک تہائی چیرمین اور چند ہزار امام صاحب کو...... کیونکہ وہی عربی زبان میں کاؤنسل جنرل سے محلے کی بے دینی اور مسجد کی کسمپرسی کا رونا رونے میں معاون ہوتے ہیں۔ حمید کے بھائی سلیمان کا کیبل نیٹ ورک بھی اسی رقم سے کھڑا ہوا ہے اور اس کی چچازاد بہن کے چار بیوٹیشن گالے بھی انہی سے خریدے گئے ہیں۔ حتیٰ کے حمید کے گاؤں میں بنائے گئے عالیشان بنگلے کی اینٹوں میں بھی ریگستان کے اونٹ کے پیشاب اور پٹرول کی بُو سونگھی جاسکتی ہے۔

قہقہے کے شور سے مسجد کی دیواروں اور کھڑکیوں کی گرد میں مایوسی کی لکیریں کھینچ دی گئی تھیں۔ امام صاحب داڑھی میں انگلیاں ڈالے چیرمین زاہد عمران کو دیکھ رہے تھے جو گزشتہ سال حج ہو آئے ہیں۔ چھ سال پہلے انہی کا اندھیری ریلوے اسٹیشن کے باہر والی جامع مسجد کے سامنے سوشل کلب تھا جس میں چوبیس گھنٹے رَمی اور پھلس چلتا تھا۔ وہاں سے خوب روپیہ پیسہ کما کر اس کیچڑ والی بستی سے دو کلومیٹر دور بنی عالیشان عمارت میں 32 لاکھ کا فلیٹ خریدا ہے

اور اب دو برسوں سے اس مسجد کے چیرمین بن بیٹھے ہیں۔ دو بار تبلیغ جماعت میں چلہ لگا آئے اور اپنے گناہوں سے توبہ کر کلب کو بند کیا اور اس کی جگہ امپورٹ اکسپورٹ کا دھندا کھول دیا۔ مگر حج انہوں نے اپنے دوست حمید صدیق کی طرف سے دیے گئے ٹکٹ پر ہی کیا تھا۔ حج سے آنے کے بعد اپنی بیٹی کا رشتہ بھی حمید کے ''دو نمبر'' بیٹے سے کر دیا جس نے چند روز قبل زری کا کارخانہ کھولا ہے جس میں دس سال سے لے کر اٹھارہ سال کے غریب بچے اٹھارہ گھنٹے بہت ہی معمولی اجرت پر کام کرتے ہیں۔

باری کے دماغ کی اسکرین پر سارے واقعات پل بھر میں گزرے۔ اس نے زاہد شیخ سے نظریں ملاتے ہوئے کہا: ''زاہد بھائی ...... آپ کیا بولتے ہو......؟'' زاہد، باری بھائی کے سامنے کچھ بولنے کی مجال نہیں کر سکتا، ان کی جس بیٹی کی منگنی اب حمید کے بیٹے کے ساتھ ہوئی ہے پچھلے عید کی چاندرات کو اسے وہ ہی جوہو بیچ سے ڈھونڈ کر لایا تھا۔ سب کو ایسا لگا تھا کہ عید کی شوپنگ کے لیے کسی اچھے بازار گئی ہوگی مگر یہ بات باری بھائی کے دل میں دفن ہو کر رہ گئی کہ وہ امبولی ناکے کے شیو سینا شاکھا پرموکھ سدھیر ڈانڈیکر کے ساتھ جوہو سمندر کے کنارے ایک طرف پتھروں کے درمیان بیٹھ عید کے چاند کو اس کی آنکھوں میں کھوج رہی تھی۔ سدھیر ڈانڈیکر کے والد پرہلاد ڈانڈیکر باری بھائی کے گہرے دوست ہیں، باری بھائی نے معاملہ رفع دفع کر دیا یہ بات زاہد شیخ کے علاوہ ان کے گھر کا کوئی دوسرا فرد بھی نہیں جانتا۔ زاہد نے نظریں نیچے رکھتے ہوئے کہا: ''باری بھائی آپ کی بات کو تو ماننا ہی چاہیے؟ بولو کتنے روپے رمضان کی پگار میں بڑھانے کے ہیں۔'' سب کی نگاہیں حیرانی سے زاہد شیخ کی اور مرکوز ہوئیں تو انھوں نے رمضان کی اور دیکھتے ہوئے کہا: ''محنتی آدمی ہے اللہ کے گھر میں پانچ وقت اذان دیتا ہے۔ بچی بیمار ہے۔ ہماری ذمے داری ہے......''

اس پر امام صاحب نے حمید صدیقی سے آنکھ ملاتے ہوئے گردن ہلائی۔ حمید صدیقی نے کہا: ''باری بھائی جب زاہد بھائی کہہ رہے ہیں اور آپ کی بات کا وزن اس پر ہے تو ہم کیسا بھی کر کے اگلے مہینے ......'' وہ ایک پل کو رُکا...... اور رمضان کو دیکھنے لگا۔ رمضان کی آنکھوں میں بڑی امیدوں کے چھوٹے چھوٹے جگنو تھے۔ باری بھائی کی آواز نے اس کے کانوں کی سماعت کی رستیوں پر بازگشت کی، ''800 ملا کر دو ہزار کر دیں گے۔'' حمید صدیقی نے گردن

موڑ کر زاہد شیخ کو دیکھا۔ زاہد شیخ نے حمید کے زانو پر ہاتھ مارتے ہوئے ایک اتفاقی قہقہہ لگایا اور کہا: ''باری بھائی بھی نا، سب کی جندگی کا خیال رکھتے ہیں۔''

رمضان کے چہرے پر جو مسکراہٹ پھیلی اس میں اس کی بچی کے شفا کے امکانات کو بھی دیکھا جاسکتا تھا۔ میٹنگ برخاست ہونے پر جب جعفر باری بھائی کے ساتھ ان کے گھر واپس آرہا تھا اس وقت جعفر کی خاموشی میں جو اضافہ ہوا تھا اس کی پیمائش آسان نہیں ہے۔ اس کا پیر ایک نالی میں پھنس جانے ہی والا تھا مگر آج صبح ہی باری بھائی نے وہاں پر چند لادیاں لگادی تھیں۔

اس بستی کو اس طرح کی لادیوں کی ابھی اور کتنی ضرورت ہے!

☆☆☆

# مذبح کی بھیڑیں

خورشید اکرم

مذبح کو جانے والے اس راستہ پر بھیڑوں کے ریوڑ آتے رہتے ہیں۔ یہاں سے گذرنے والے ریوڑوں میں بھیڑوں کی تعداد کم یا زیادہ ہوسکتی ہے لیکن بھیڑیں ساری ایک ہی ہوتی ہیں۔ پہلی صف کے پیچھے پیچھے ایک دوسرے میں گھسی گھسی چابک سے جلدی جلدی چلنے والی انہیں ہانکنے والے بھی سبھی ایک سے ہوتے ہیں جن کی مشترکہ شناخت ہوتی ہے کہ وہ اپنے اپنے ہاتھ میں چابک لیے ریوڑ کے آگے پیچھے چلتے ہوئے اسے ہانکتے رہتے ہیں۔

ریوڑ کے ہانکنے والے عام طور پر گذریا کہلاتے ہیں جن کے بارے میں کہانیوں میں لکھا ہوتا ہے کہ وہ اپنی بھیڑوں کو جنگل میں چرانے لے جاتے ہیں۔ بھیڑیں دن بھر اپنی مرضی سے چرتی رہتی ہیں اور شام ڈھلنے سے پہلے انہیں ہاک کر باڑہ میں واپس لے آیا جاتا ہے۔ سو انہیں اپنے ہنکائے جانے پر کوئی اعتراض نہیں ہوتا لیکن جس راستہ کا بیان ذکر ہے اس پر ہانکے جانے والی بھیڑیں جنگل کو نہیں مذبح کو لے جائی جاتی ہیں، اور ان کو ہانکنے والے کچھ بھی کہے جاسکتے ہیں مگر گذریئے نہیں۔

ہانکنے کے کام پر مامور یہ تین چار آدمی بہت دیر سے بھیڑوں کو ہانکے چل رہے ہیں بھیڑوں کو ہانکنا اب ان کے لیے کوئی مشکل کام نہیں رہ گیا ہے کیونکہ یہ بہت دنوں سے اس کام پر معمور ہیں اور بھیڑوں کی فطرت جانتے ہیں۔ ویسے جیسا کہ یہ خود ہی کبھی کہتے ہیں۔ بھیڑوں کی کوئی خاص فطرت نہیں ہوتی ہے۔ اس سے ان کا مطلب یہ کہ کوئی ایسی فطرت نہیں جس کی وجہ سے انہیں کبھی کچھ زیادہ پریشانی ہوتی ہو اگرچہ ان کے سر پر سینگیں ہوتی ہیں اور بلکہ بعض بعض کی تو کافی بڑی بڑی ہوتی ہیں۔

ہانکنے والوں کے ہاتھوں میں چھوٹی سی ایک چھڑی ہوتی ہے جس کے سرے پر تقریباً دو ہاتھ لمبی تیل پلائی ہوئی مضبوط سُتلی بندھی ہوئی ہوتی ہے جسے چابک کہتے ہیں اور جسے ہوا میں

مارنے سے ایک ذ......شا......پ......کی آواز ہوتی ہے چابک کا استعمال کرنے کی نوبت بھی کبھی آتی ہے۔ جب کوئی بھیڑ چلتے چلتے رکنے لگتی ہی یا ان کے منشا کے برخلاف ریوڑ سے نکل کر کسی دوسرے راستہ کی طرف مڑنے کی کوشش کرتی ہے تو یہ اس پر ایک آدھ چابک جما دیتے ہیں۔ چابک کی مار سے تلملا کر بھیڑ سیدھے راستہ پر آجاتی ہے اور اس سے دوسرے بھیڑیں بھی بدک جاتی ہیں۔ ایسے وقت میں عام طور سے بے فکری سے چلنے والی بھیڑوں میں ایک طرح کی کھلبلی مچ جاتی ہے اور وہ سب چابک کے خوف سے ایک دوسرے میں گھُسی گھُسی چلتی ہیں۔ جو بھیڑیں کنارے کی طرف ہوتی ہیں وہ چابک کی مار سے بچنے کے لیے بیچ میں گھس جانا چاہتی ہیں۔ مذبح پہنچنے تک راستہ بھر ان میں آپس میں یہ دھکم پیل چلتی رہتی ہے۔ حالانکہ اطمینان انہیں وہاں بھی نہیں ہوتا کیونکہ وہ یہ جانتی ہیں کہ ہانکنے والے بیچ میں گھُس کر بھی چابک چلا سکتے ہیں۔

یہ بھیڑیں بہت دیر سے چل رہی ہیں اور تھک بھی گئی ہیں لیکن انہیں رکنا نہیں ہے کیونکہ ان کے ہانکنے والے ہاتھ میں چابک لیے مستعدی سے چل رہے ہیں۔

ریوڑ کے بیچ میں چلنے والی ایک بھیڑ نے جو بہت دیر سے یہ سمجھنے کی کوشش کر رہی تھی کہ اس کو اور اس کے ساتھیوں کو کہاں ہانک کر لے جایا جا رہا ہے اپنی گردن ذرا اونچی کر کے ریوڑ کے باہر دیکھا تو اسے اپنے آس پاس کی دنیا ویسی نہیں لگی جیسی وہ دیکھتی آئی ہے۔ بہت دیر سے کوئی اس کے اندر ٹہوکے مار رہا تھا۔ اس لیے وہ پہلے بیچ سے نکل کر کنارے آئی جہاں چابک پڑنے کا خطرہ ہر وقت بنا رہتا ہے۔ کنارے آ کر کچھ دیر چلنے کے بعد اسے بہر حال یہ اندازہ ہو گیا کہ یہ وہ راستہ نہیں ہے جس پر وہ اکثر چلا کرتی تھی اور اپنے باڑہ میں واپس آجاتی تھی۔ اس نے ایک بار رک کر اپنے اردگرد غور سے دیکھ لینا چاہا۔ اس نے رک کر گردن گھما کر ادھر ادھر دیکھنے بھر کے اس عمل میں ریوڑ اس سے پانچ سات میٹر آگے نکل گیا۔ ہانکنے والوں میں سے ایک پلٹ کر پیچھے آیا اور ایک چابک سٹاک سے اس کے بدن پر پڑا۔ وہ بلبلا کر رہ گئی اور دوسرا چابک پڑنے سے پہلے ہانکے کے اشارہ پر لپک کر ریوڑ میں شامل ہو گئی۔ اس کا بدن چابک کے مار سے بلبلا رہا تھا لیکن پھر بھی یہ ایک سوال اس کے اندر ٹہوکے مار رہا تھا۔ کچھ سمجھ میں نہیں آیا تو اس نے اپنے ساتھ چلتی ہوئی ایک بھیڑ سے پوچھا۔

''یہ ہم لوگ کہاں جا رہے ہیں''

''جہاں لے جائے جا رہے ہیں''

''مگر...... ہم کہاں لے جائے جا رہے ہیں۔

''جہاں روز لے جائے جاتے ہیں''

''لیکن دیکھو ہم جہاں روز لے جائے جاتے ہیں یہ وہ راستہ نہیں ہے''

''چپ چلتے چلو...... ورنہ ابھی چابک پڑے گا۔

...... لیکن...... لیکن یہ ہم پر چابک مارنے والا ہوتا کون ہے''

بھیڑ نے پلٹ کر اس سرکش بھیڑ کو دیکھا اس کی سمجھ میں نہیں آیا کہ یہ کس طرح کے سوال کر رہا ہے اسے لگا یہ پاگل ہو گئی ہے سو اسے چھوڑ کر بیچ میں گھس گئی۔

ذرا دیر پہلے جو چابک کی مار اس کے بدن پر پڑی تھی اس سے ٹیس کی لہر ایک بار پھر اٹھی اور ایک بار پھر اس کے من میں یہ سوال تازہ ہوا کہ وہ کہاں لے جائی جا رہی ہیں۔ اپنے ساتھ چلتے ہوئے ایک دوسری بھیڑ سے اس نے پھر اپنا سوال دہرایا۔

''کیا تم نے یہ سوچا ہے کہ ہم کہاں جا رہے ہیں''

''اس میں سوچنے کی کیا بات ہے ہم تو اپنے آگے والوں کے پیچھے پیچھے چل رہے ہیں''

''لیکن کیا یہ ہمارے آگے والوں کو کچھ پتہ ہے کہ ہم کہاں جا رہے ہیں''

''پتہ نہیں...... اتنا کہہ کر اس بھیڑ نے ایسے چپ سادھ لی جیسے اسے اس طرح کی باتوں سے کوئی سروکار نہ ہو۔

''لیکن کیا ہمارے آگے والوں کو کچھ معلوم ہے کہ ہم کہاں چل رہے ہیں''

اس نے ایک بار پھر کہا

اس بار چپ سادھ لینے والی بھیڑ کی آنکھوں میں پے بہ پے سوال کرنے والی اس بھیڑ کے تئیں شدید بےزاری تھی۔ اس نے اسے غصے سے دیکھا اور اس کے الٹے سیدھے سوالوں سے پیچھا چھڑانے کے لیے آنکھ بند کر کے ریوڑ کے ساتھ چلنے لگی۔

اس بھیڑ نے جس کے بدن پر ایک چابک زور کا پڑ چکا تھا اور جس کے من میں خدشہ لگاتار ٹہوکے مار رہا تھا ایک بار پھر اپنے اردگرد نظر دوڑائی اپنے آس پاس کی اجنبی اور نامانوس فضا کو دیکھ کر اس کے اندر کھلبلی سی ہوئی۔ اتنی دیر میں پھر ریوڑ آگے نکل گیا تھا۔ ہانکنے والے نے پہچان لیا کہ یہ وہی بھیڑ ہے جو کچھ دیر پہلے بھی ریوڑ سے الگ ہو کر ادھر اُدھر دیکھنے لگی

تھی۔ اس لیے اس نے اسے قابو میں کرنے کے لیے اب کی بار اور زور سے چابک مارا۔ اتنی زور سے کہ اس کے بلبلانے کی آواز آگے نکل گئے ریوڑ کی ایک ایک بھیڑ نے سنی۔ اب کی بار اسے کھدیڑ کر بالکل آگے کر دیا گیا۔

آگے کی بھیڑیں کوئی اس طرح صف بنا کر نہیں چل رہی تھیں کہ جو بھی آگے ہیں وہ شروع ہی سے آگے تھیں اس کا اندازہ اس بھیڑ کو کچھ دیر تک آگے آگے چلنے کے بعد ہوا لیکن اس وقت صف کے ترتیب سے ہونے یا نہ ہونے اور دو چابک کی مار کی ٹیسوں سے زیادہ وہ سوال اس کے اندر ٹہوکے مار رہا تھا جو تھوڑی دیر پہلے اس کے من میں آیا تھا۔ اس نے اگلی صف میں اپنے ساتھ چلنے والی ایک بھیڑ سے ذرا غصہ سے پوچھا۔

''تم...... آگے آگے چل رہی ہو کیا تمہیں پتہ ہے کہ ہم لوگ کہاں لے جائے جا رہے ہیں''

''مجھے کیا پتہ......

''تمہیں اگر پتہ نہیں ہے تو چل کیوں رہی ہو......''

''اس لیے کہ ہم اتنے سارے ایک ساتھ چل رہے ہیں۔ اور یہ کوئی نئی بات تو ہے نہیں ہم پیدا ہوئے تھے تو ہم نے اپنے باپ کو اس طرح چلتے ہوئے دیکھا تھا اور اس کی دیکھا دیکھی ہم بھی ریوڑ کے ساتھ چلنے لگے تھے۔''

''لیکن تم کیا غور نہیں کرتے کہ یہ وہ راستہ نہیں ہے جس پر ہم اس سے پہلے چلا کرتے تھے۔''

''کیوں...... کیا ہوا اس راستے میں سب کچھ تو ویسا ہی ہے۔ نیچے زمین ہے اوپر آسمان ہے اور ہم سب اتنے سارے ساتھ ہیں ہم اسی طرح چلتے رہے ہیں اور ہمارے باپ بھی اسی طرح......

''...... ہمارے باپ! ...... ہاں ٹھہرو...... کیا تمہیں معلوم ہے کہ اسی طرح ایک بار ہمارے باپ ریوڑ کے ساتھ چلے تھے اور آج تک واپس نہیں آئے۔''

''کیا پتہ...... خیر چھوڑو! ذرا جلدی جلدی چلو'' اس نے چابک کی طرف دیکھا جو ہوا میں لہرایا تھا۔ ہانکنے والے رہ رہ کر اپنی مستعدی کا مظاہرہ کرتے ان کے قدم تیز ہو جاتے چابک ہوا میں لہرایا اور اس سے بھیڑوں کو سمجھ لینا پڑتا کہ انہیں جلدی جلدی چلنا ہے۔

''تمہیں کچھ معلوم نہیں تم کچھ جانتی نہیں اور تم جاننے سمجھنے کی کوشش بھی نہیں کرتیں اور یہ پیچھے والے تمہاری دیکھا دیکھی چل رہے ہیں کہ تم آگے ہو اور تمہیں ٹھیک معلوم ہو۔

''میرے پیچھے کیوں..... میں تو ابھی ذرا پہلے دھکم پیل میں آگے آگئی۔ اتنی دیر سے تو میں خود پیچھے تھی''

یہ تم جانتی ہو کہ تم پہلے سے پیچھے تھیں لیکن جو پیچھے ہیں وہ سمجھتی ہیں کہ تم اور ہم جو اس وقت آگے آگے ہیں، ہمیں صحیح صحیح معلوم ہوگا کہ ہم کہاں ہانکے لیے جا رہے ہیں..... اور ہمیں تمہیں کچھ نہیں معلوم......اور یہ سب اس دھوکہ میں ہیں کہ ہم.....

عجیب ایک سوال اس کے دماغ میں آیا تھا جس کی وجہ سے اس کو دو چابک پڑ چکے تھے اور جس کی ٹیس ابھی تک رہ رہ کر اس کے بدن میں اٹھ رہی تھیں۔ انہیں ٹیسوں نے ایک اور سوال اس کے من میں کھڑا کر دیا کہ پاؤں ان کے ہیں اور اگر وہ اپنے پاؤں سے چل رہی ہیں تو انہیں یہ معلوم کرنے کا حق تو ہے ہی وہ کہاں لے جائے جا رہی ہیں اور اس نے تو صرف یہ جاننا چاہا تھا کہ وہ سب آج کہاں لے جائے جا رہی ہیں۔ اس نے کسی کا کچھ نہیں بگاڑا تھا پھر اسے صرف اتنی سی بات جاننے کے جرم میں کوڑے کیوں پڑے۔ سوچتے چلتے اس بار اس نے آگے کی ایک بوڑھی بھیڑ سے ایک ساتھ دو سوال پوچھے۔ ایک تو یہی کہ وہ کہاں لے جائی جا رہی ہیں اور دوسرا یہ کہ انہیں جاننے کا حق ہے کہ نہیں کہ وہ کہاں لے جائی جا رہی ہیں۔

بوڑھی بھیڑ نے ترحم آمیز نظروں سے اس بھیڑ کو دیکھا جس کو دو چابک پڑ چکے تھے اور جو اس کے باوجود ایک ساتھ دو سوال کر رہی تھی اسے اس کی ہٹ پر رحم بھی آیا اور خوف بھی چنانچہ اس کی بات کا جواب دیئے بغیر اپنی رفتار ذرا سست کر کے وہ ریوڑ کے بیچ میں آگئی۔

ہانکنے والے پوری مستعدی سے ریوڑ ہانک رہے تھے اور بھیڑ ایک دوسرے میں گھسی گھسی جلدی جلدی چل رہی تھیں کہ ہانکنے والوں نے دیکھا کہ آگے کی ایک بھیڑ جس کو دو چابک پہلے ہی پڑ چکا تھا، تیزی سے لپکتی ہوئی آگے نکلی اور ریوڑ سے الگ ایک طرف مڑ کر دوڑنے لگی ہانکنے والے نے ایک دوڑ لگائی اور شڑاک سے ایک چابک اس کے بدن پر جما دیا۔ بھیڑ بلبلائی اتنی زور سے کہ ایک بار پھر پورے ریوڑ نے اس کی بلبلاہٹ کی آواز سنی لیکن وہ رکی نہیں، وہ بھاگتی رہی بقیہ بھیڑوں کو دوسرے ہانکنے والوں نے روک لیا۔ وہ تعداد میں اتنی تھیں، اکٹھی تھیں مگر خوف سے تھر تھر کانپ رہی تھیں اور ان میں زبردست کھلبلی مچی ہوئی تھی

کہ کسی بات پر انہیں بھی اسی طرح چابک نہ پڑنے لگے۔ ادھر بھاگتی ہوئی بھیڑ کے بدن پر ایک اور چابک اور اس بار چابک کی ستلی اس کے بدن کے روئیں میں الجھ گئی جس کو کھینچنے میں اس کے بدن کا رواں ...... چر ...... چر ...... کی آواز کے ساتھ کچھ زمین پر گرا، کچھ چابک میں لپٹا ہوا چلا آیا بھیڑ کے بدن کے زخمی حصے سے خون رسنے لگا۔ بھیڑ ادھ مری ہوگئی تھی لیکن اس کے اندر اپنے تحفظ کا احساس شدید تر ہوگیا تھا۔ اب اور بھاگنے کی بجائے اس نے پلٹ کر اپنی سینگوں سے ہانکنے والے پر حملہ کرنا چاہا۔ تھوڑی دیر پہلے جب کہ اسے پہلا چابک پڑا تھا اور جب اس کا بدن اس طرح زخمی نہیں ہوا تھا اسی وقت اگر اس کے اندر اپنے تحفظ کا احساس اسی شدت سے جاگ جاتا اور وہ ہانکنے والے پر اسی طرح لپک پڑتی تو شاید اس وقت کوئی دوسرا ہی منظر قلم بند کیا جاتا۔ فی الوقت ہوا یہ کہ اسے اپنی طرف حملہ کرنے کا پوز بناتا دیکھ کر ہانکنے والے نے تڑاتڑ کئی چابک اسے لگا دیے بلکہ دو تین لاتیں بھی جمادی بھیڑ ایسی ادھ مری ہوگئی تھی کہ بلبلاتے اور غراتے ہوئے زمین پر پڑی رہی۔ اس نے پڑے پڑے پورے ریوڑ پر نظر دوڑائی جہاں ایک طرح کی شانت کھلبلی مچی ہوئی تھی بھیڑوں میں خوف اور اس زخمی بھیڑ کے تئیں انتہائی ہمدردی تھی اور ان کی سمجھ میں نہیں آرہا تھا کہ اسے ہوا کیا ہے؟ زخمی بھیڑ اس شدید تکلیف کے باوجود سمجھنے کی کوشش کر رہی تھی کہ اس کے اتنے سیدھے سے سوالوں کا جواب دینے کے بجائے اسے کیوں مارا گیا اور یہ سوچ کر اس کے من میں کرودھ آرہا تھا، لیکن اب اس کے اندر اتنی تاب نہیں تھی کہ وہ اپنے اوپر چابک چلانے والے کے پیٹ میں اپنی سینگ گھونپ دے۔ اور اب وہ اسی کرودھ اور بے چارگی میں اپنی ان ساتھی بھیڑوں کی طرف دیکھ رہی تھی جن کے سر پر سینگیں تھیں، جو اپنے پیروں پر کھڑی تھیں، جن کو کوڑے نہیں پڑے تھے اور جن کے اندر اس کے خیال میں یقیناً اتنی تاب تھی کہ وہ چاہیں تو ہانکنے والوں کے پیٹ میں اپنی سینگیں گھونپ دیں۔

ایک اور چابک اس کے بدن پر پڑی اور اس کی آنکھوں کے سامنے بالکل اندھیرا چھانے لگا۔ اس میں چلنے تک کی تاب نہیں رہ گئی تھی مگر اس کے اندر کوئی ایسا ہٹ پیدا ہو گیا تھا جس نے یہ طے کر لیا تھا کہ اسے اب وہاں سے نہیں کھسکنا۔ ہانکنے والے نے اس کے پیٹ میں لات گھسا کر اسے اٹھانے کی کوشش کی لیکن وہ اٹھی بلکہ یوں کہا جائے کہ اٹھی نہیں۔ ریوڑ میں چہ میگوئیاں ہو رہی تھیں کہ آخر اسے کیا ہوا ہے؟ کیا اب یہ زندہ بچ پائے گی۔ یہ چھوڑ کر

کہاں بھاگ رہی تھی۔ اور کیوں؟ صرف سوال تھے جو سب ایک دوسرے سے کر رہی تھیں لیکن سچ بات یہ ہے کہ یہ سوال نہیں تھے یہ تو ان کی حیرت اور خوف تھا جو ان دو ایک سوالوں کی صورت میں ادھر اُدھر رینگ رہا تھا۔ وہ بھیڑیں جن سے زخمی بھیڑ نے اپنے من کے سوال دوہرائے تھے، خاموش تھیں بلکہ اس سوال سے بچنے کے لیے اپنی اپنی آنکھیں موندے کھڑی تھیں۔

ہانکنے والوں نے جب یہ دیکھا کہ یہ بھیڑ اتنی زخمی ہو چکی ہے کہ اب اس میں چلنے کی تاب نہیں رہی ہے انہوں نے آپس میں کچھ باتیں کیں۔ ریوڑوں کو ہانکنے کا تجربہ انہیں بتاتا ہے کہ کبھی کسی ریوڑ سے اس طرح کی کوئی سرکش بھیڑ نکل آتی ہے جسے لاکھ مارو وہ اپنی ہٹ پر اڑی رہتی ہے۔ ایسے موقعوں کے لیے انہیں اجازت بلکہ ہدایت تھی کہ ایسے ہٹی اور زخمی بھیڑ کو راستے میں چھوڑ دیں کیونکہ باقی ساری بھیڑوں کا بہ حفاظت مذبح پہنچ جانا زیادہ اہم ہے......تو انہوں نے آپس میں باتیں کیں اور طے کیا کہ اسے یہیں چھوڑ کر باقی بھیڑوں کو لے کر آگے کوچ کیا جائے ریوڑ میں پہنچنے کے بعد انہوں نے آگے پیچھے اور دائیں سب طرف سے اپنی اپنی پوزیشن سنبھالی اور ان کے چابک ہوا میں لہرائے جس کا اشارہ ریوڑ کی طرف صاف تھا کہ آگے بڑھے۔ رکی ہوئی بھیڑیں جن کے اندر انتہائی سراسیمگی پھیلی ہوئی تھی اور جن کے کانوں میں اپنے ایک زخمی ساتھی کے بلبلانے اور تڑپنے چیخنے کی آواز صاف سنائی دے رہی تھی چابک کے اشارہ پر ایک دوسرے میں گھُس گھُسا کر آگے بڑھنے لگیں۔ ان میں پلٹ کر اپنے اس زخمی ساتھی کو دیکھنے کا حوصلہ نہیں تھا جو کچھ دیر پہلے تک بخیر و عافیت ان کے ساتھ چل رہی تھی اور اب سرکشی کی سزا میں زخموں سے چور پڑی تھی۔

زخمی بھیڑ نے اپنی دھندلائی آنکھوں سے ان بھیڑوں کو دیکھا کے پاؤں بدن اور سینگ سلامت تھے مگر چابک سے خائف سہمی سہمی چلے جا رہی تھیں اور سرکش پیروں سے ادھڑی ہوئی ہوائی زمین کا ایک ٹکڑا پیچھے چھوٹتا جا رہا تھا۔

راستہ بھر ساری بھیڑیں ایک دوسرے سے پوچھتی رہیں، آخر اسے ہوا کیا تھا؟ وہ کہاں بھاگ رہی تھی اور کیوں، کیا وہ زندہ بچ پائے گی۔

مذبح کے احاطے میں داخل ہونے تک وہ ایک دوسرے سے بار بار سوال پوچھ رہی تھیں۔

# تعاقب

رضوان الحق

('کچھ سامان' کے طالب کی نذر، کہ جس کا کھویا ہوا سامان اس طالب کا تعاقب کر رہا ہے)

طالب جے. این. یو. سے تاریخ میں پی. ایچ. ڈی. کر رہا ہے۔ وہ ہاسٹل کی دوسری منزل پر کمرہ نمبر ۲۲۷ میں رہتا ہے۔ اسے یہ کمرہ پی. ایچ. ڈی. میں آنے کے بعد ملا تھا، ایم.فل. تک وہ جس کمرے میں رہتا تھا اس میں دو طالب علموں کو رہنا ہوتا تھا۔ طالب سے قبل جو طالب علم اس کمرے میں رہتا تھا وہ ذہنی توازن کھو بیٹھا تھا اور اس کے والدین اسے گھر واپس لے گئے تھے۔ اس کے جانے کے بعد جب یہ کمرہ طالب کو ملا تھا تو اس کے ایک دوست نے منع کیا تھا کہ اس کمرے میں مت جاؤ یہ کمرہ ٹھیک نہیں ہے۔ اس لڑکے کو تو تم نے دیکھا ہی ہے وہ کس طرح پاگل ہو کر گیا ہے۔ سنتے ہیں اس سے قبل جو لڑکا اس کمرے میں رہتا تھا وہ بھی پاگل ہو گیا تھا۔ یہ بھی مشہور ہے کہ مدتوں پہلے ایک طالب علم نے اس کمرے میں خودکشی کر لی تھی اور اس کی روح ابھی تک اس کمرے میں رہتی ہے۔ وہ خودکشی بھی کوئی معمولی خودکشی نہیں تھی، کہتے ہیں کہ اس نے اپنی کلائی کی رگ کاٹ لی تھی اور چپ چاپ جسم کا سارا خون بہہ جانے دیا تھا۔ اس کے خون کے نشان اب تک اس کمرے کی فرش پر موجود ہیں۔ اس کی خودکشی کے بعد خون کے داغوں کو دھونے کی بہت کوشش کی گئی تھی لیکن وہ دھبے چھوٹ نہ سکے تھے۔ اتنا ہی نہیں، اس کمرے میں مغربی دروازے کے اوپر چھت تک ایک شگاف ہے۔ لوگوں کا کہنا ہے کہ خودکشی کرنے والے اس طالب علم کی روح اسی شگاف سے کمرے میں آتی جاتی ہے۔ اس شگاف کی کئی بار مرمت ہو چکی ہے لیکن کچھ دنوں بعد وہ شگاف پھر ویسے کا ویسا ہو جاتا ہے۔

یہ بات ہاسٹل کے سبھی لوگ حکایت کی طرح جانتے ہیں اور جب تفریحی کیفیت میں ہوتے ہیں تو ایک دوسرے کو سناتے بھی ہیں۔ لیکن عام طور پر لوگ اسے حکایت کے طور پر ہی سنتے سناتے ہیں اسے حقیقت نہیں مانتے ہیں۔ طالب کو جب یہ کمرہ ملا تو مستقل طور پر اس

کمرے میں جانے سے قبل، کمرے کا جائزہ لینے کے لیے وہ اس کمرے میں گیا، کچھ دوست بھی اس کے ساتھ ہو لیے، چونکہ اس سے قبل کا طالب علم پاگل پن کی حالت میں کمرہ چھوڑ گیا تھا اس لیے اس کے والدین اس کی بہت ضروری چیزیں ہی لے گئے تھے اور باقی سارا سامان یوں ہی ادھر ادھر بکھرا پڑا چھوڑ کر چلے گئے تھے۔ طالب کے دوستوں نے کمرے کی حالت دیکھی، پھر خون کے داغ اور دروازے کے اوپر کا شگاف دیکھا، ایک جگہ کتھئی رنگ کا بڑا داغ تھا اور کچھ چھوٹے چھوٹے داغ تھے جیسے کوئی شخص خون ٹپکا تا ہوا باہر گیا ہو۔ اگر چہ ان داغوں کو دیکھ کر یقین کے ساتھ نہیں کہا جا سکتا تھا کہ وہ خون ہی کے داغ ہیں لیکن پورے اعتماد کے ساتھ یہ بھی نہیں کہا جا سکتا تھا کہ وہ خون کے داغ نہیں ہے۔ یہ بات تو واضح تھی کہ وہ فرش کا رنگ نہ تھا اور یہ بھی ظاہر تھا کہ فرش کو دھونے کی بہت کوشش کی گئی ہے اور اس کوشش میں کہیں کہیں سے فرش ہی ٹوٹ گیا تھا۔ کمرے کی یہ حالت دیکھ کر ان لوگوں نے طالب سے یہ کمرہ نہ لینے کی صلاح دیتے ہوئے کہا۔

''طالب یہ کمرہ مت لو، مجھے تو واقعی ڈر لگ رہا ہے۔''

''تم بھی یار عجیب شے ہو، جے. این. یو. میں پڑھ کر بھی ان سب توہمات میں یقین رکھتے ہو۔''

''نہیں، یقین تو میرا بھی نہیں ہے لیکن اگر کچھ ہو گیا تو؟ بلا وجہ خطرہ مول لینے سے کیا فائدہ؟ باقی سب باتوں کو اگر جھوٹ بھی مان لیا جائے تو بھی پہلے والے لڑکے کو تو ہم سب نے دیکھا ہی ہے، وہ کس طرح دیوانہ ہو کر گیا تھا۔''

''دیوانہ ہوا تو کسی وجہ سے دیوانہ ہوا ہوگا، کیا دوسرے کمروں کے لڑکے دیوانے نہیں ہوتے ہیں؟ میں تو پچھلے چار سال سے جے. این. یو. میں ہوں یہاں تو ہمیشہ ہی ایک دو لڑکے پاگل ہوتے رہتے ہیں۔''

یہ کہہ کر وہ رک گیا اور کمرے کا ادھر ادھر سے جائزہ لینے لگا، پھر ظریفانہ لہجے میں بولا۔

''ویسے بھی مجھے تو لگتا ہے کہ یہاں کے نوے فیصد لڑکے کچھ نہ کچھ دیوانے ہوتے ہی ہیں، بس دیوانگی کے درجے میں فرق ہوتا ہے۔ کسی کو دیکھو تو صبح سے گئی رات تک صرف لائبریری میں رہتا ہے۔ سائنس کے طلبہ کو جب بھی دیکھو تو اکثر دن رات لیب میں پڑے رہتے ہیں۔ اوروں کو دیکھو تو ہر وقت بس دنیا اور سماج کو بدلنے کی بات کرتے رہتے ہیں۔

پوری دنیا سے روز بہ روز اشتراکیت ختم ہوتی جا رہی ہے لیکن یہاں نہ جانے کتنے لوگ ہیں کہ پوری دنیا میں سوشلسٹ انقلاب لانے کے خواب دیکھتے رہتے ہیں۔ تو وہ سب کیا بالکل ٹھیک ہیں؟ مجھے تو لگتا ہے یہ یونیورسٹی دیوانوں ہی کے لیے قائم کی گئی ہے۔''

سب حسب توفیق ہنسے، طالب بھی ہنسنے لگا۔ پھر تھوڑی دیر رک کر اس نے کہا۔

''لیکن جو بات میں اب کہنے جا رہا ہوں تم اس پر بڑی سنجیدگی سے غور کرنا۔ میرا کہنا ہے کہ دنیا میں جتنے بڑے کارنامے ہوئے ہیں وہ سارے ابلِ جنوں نے ہی انجام دیے ہیں۔ کچھ لوگ ہر کام سے قبل سوچتے ہیں کہ اس میں کتنا فائدہ ہوگا اور کتنا نقصان، یا اس میں کتنا خطرہ ہے اور کتنی راحت؟ اس طرح کے حساب کتاب لگانے والے کبھی کوئی عظیم کام نہیں کر سکتے۔ یہ بات میں دعوے کے ساتھ کہہ سکتا ہوں۔''

''ہاں تمھاری یہ بات تو بالکل صحیح ہے۔'' ایک لڑکے نے جواب دیا ''لیکن میں تو صرف اس کمرے کی بات کر رہا تھا، کسی عظیم کام کی بات نہیں، ویسے میں یہ نہیں کہتا کہ اس کمرے میں کچھ ہو ہی جائے گا۔ میں تو بس یہ کہہ رہا ہوں کہ بلا وجہ خطرہ مول لینے سے کیا فائدہ۔''

''نہیں اب تو میں اسی کمرے میں رہوں گا۔''

جب طالب نے اپنے فیصلے کا اعلان کر دیا تو اس کے سب دوست یہ کہہ کر چلے گئے کہ تم اپنے بھلے برے کے خود ذمہ دار ہو۔ طالب جب اکیلا رہ گیا۔ تو اس نے سب سے پہلا کام یہ کیا کہ فرش اور میز پر بکھری ہوئی کتابوں کا جائزہ لینا شروع کیا۔ سِول سروس کے امتحانات سے متعلق کتابوں کے درمیان ایک بڑا سا بنڈل ملا جو ایک رسالے کا تھا جو ننگی تصویروں کے لیے مشہور تھا۔ طالب نے اس بنڈل کو اٹھا کر حفاظت سے رکھ لیا۔

اب طالب کو اس کمرے میں رہتے ہوئے کئی برس گذر چکے ہیں۔ طالب کو پورا یقین ہے کہ اس کمرے میں خودکشی کرنے والے طالب علم کی روح سے وابستہ سارے قصے بے بنیاد ہیں۔ لیکن پھر بھی اسے ایک اور طرح کا وہم ہو گیا ہے اسے اکثر ایسا محسوس ہوتا ہے کہ کوئی شخص اس کا تعاقب کر رہا ہے۔ جب وہ چلتا ہے تو پیچھے پیچھے تعاقب کرنے والا شخص بھی چلتا

رہتا ہے اور جب وہ رکتا ہے تو وہ شخص بھی ٹھہر جاتا ہے۔ وہ بار بار پیچھے مڑ کر دیکھتا ہے کہ یہ کون شخص میرا تعاقب کر رہا ہے؟ لیکن وہ اس شخص کو واضح طور پر کبھی نہ دیکھ سکا۔

کبھی کبھی وہ محسوس کرتا کہ کوئی ایک شخص اس کا تعاقب کر رہا ہے، کبھی اسے لگتا ہے کہ کئی شخص اس کا تعاقب کر رہے ہیں اور کبھی کبھی اسے یہ بھی محسوس ہوتا کہ تعاقب کرنے والا کوئی انسان نہیں بلکہ کوئی وحشی جانور ہے۔ اور کبھی کبھی تو اسے لگتا کہ کچھ جان لیوا اشیا یا اسلحہ جیسے بندوق، راکٹ لانچر، ہیلی کوپٹر وغیرہ اس کا تعاقب کر رہے ہیں۔ اس نے اپنے اس وہم کو کبھی بھی کسی پر ظاہر نہ کیا کہ اگر بتاؤ گا تو لوگ یا تو میرا مذاق اڑائیں گے یا کہیں گے کہ یہ وہی خودکشی کرنے والے کا بھوت ہوگا۔ لیکن اسے پورا یقین ہے کہ کوئی بھوت اس کا تعاقب نہیں کر رہا ہے۔ تعاقب کرنے والی کوئی اور ہی ہستی ہے۔ لیکن پھر بھی کبھی کبھی اسے یہ شک ہو ہی جاتا ہے کہ کہیں اس طالب علم کا بھوت ہی تو میرا تعاقب نہیں کر رہا ہے؟

طالب کے والد نے اس کی ذہانت کو دیکھتے ہوئے، اسے جے۔ این۔ یو۔ بھیجا تھا کہ وہ جلد از جلد پڑھ لکھ کر سول سروس کا امتحان دے گا اور آئی۔ اے۔ ایس۔ افسر بن کر لوٹے گا۔ لیکن طالب کا دل مقابلے کے امتحان کی تیاری میں کبھی نہ لگا۔ پھر بھی، والد کی خواہش کے مطابق کچھ برسوں تک وہ تیاری کرتا رہا اور بالآخر ناکام ہو کر اپنے پسندیدہ مضامین پڑھنے لگا۔ آئی۔ اے۔ ایس۔ کی تیاری میں اسے تمام مضامین پڑھنے پڑتے تھے چاہے ان میں اسے دلچسپی ہو یا نہ ہو۔ کئی بار ایسا بھی ہوا کہ کسی مضمون میں اسے دلچسپی نہیں تھی لیکن مقابلے کے امتحان کی تیاری کی خاطر کوشش کرنے پر اسے جب اس مضمون میں دلچسپی پیدا ہوئی تو لوگوں نے کہا کہ اب اس مضمون پر مزید مطالعہ اس کی تیاری کے لیے نقصاندہ ثابت ہوگا۔ اس لیے اب اسے دوسرے مضامین پر توجہ دینی چاہیے۔ کچھ دوستوں کا یہ بھی کہنا تھا کہ ابھی کسی بھی مضمون میں زیادہ سمجھ پیدا کرنے کی ضرورت نہیں ہے۔ بس بنیادی چیزوں کو سمجھ کر باقی چیزوں کو رٹ لینا چاہیے، رٹنا مقابلہ جاتی امتحانوں میں زیادہ مفید ہوتا ہے۔

بہر حال ان سب حالات کے باعث وہ امتحان کے آخری موقعے میں بھی ناکام رہا۔ چوں کہ طالب کو جونیر ریسرچ فیلوشپ مل رہی تھی، اس لیے گھر سے روپے پیسے لینے کی ضرورت نہ رہ گئی تھی۔ سول سروس میں ناکام ہونے کے بعد گھر والوں کی دلچسپی طالب میں پہلے ہی کم ہو گئی تھی، پھر ایک دن اخبار کی خبر سے ان لوگوں کو جب یہ معلوم ہوا کہ ان کا بیٹا ایک کمیونسٹ

پارٹی کی طالب علموں کی شاخ کا اہم اور ممتاز رکن بن گیا ہے۔ تو ان لوگوں کو یقین ہو گیا کہ اب پانی سر سے اوپر ہو کر بہہ رہا ہے اور بیٹا پوری طرح سے بگڑ چکا ہے۔ گھر والوں نے گھبرا کر اس کی شادی کرنی چاہی لیکن طالب نے شادی سے صاف انکار کر دیا تھا۔ اس طرح گھر والوں سے اس کی کشیدگی کچھ اور بھی بڑھ گئی۔ اب طالب جب بھی چھٹے چھماہی گھر جاتا تو نہ اس میں پہلے کی طرح جوش و جذبہ ہوتا اور نہ گھر والے ہی اس کا کچھ گرم جوشی سے خیر مقدم کرتے۔

سول سروس میں ناکامی کے بعد طالب نے تاریخ کا بہت سنجیدگی سے مطالعہ شروع کر دیا تھا۔ طالب کے کورس میں عہدِ وسطیٰ کی ہندستانی تاریخ پڑھائی جاتی تھی لیکن اسے تمام دنیا کی عہدِ وسطیٰ کی تاریخ میں دلچسپی تھی، اور مسلمانوں کی تاریخ سے تو اسے خاص شغف تھا۔ اسی دوران اس کے کچھ ایسے دوستوں کا سول سروس میں انتخاب ہو گیا۔ جن کا علم اس سے نہ صرف کم تر تھا بلکہ اگر اس نے ان لوگوں کو کچھ موضوعات خاص طور سے تاریخ کے کچھ تصورات نہ پڑھائے یا سمجھائے ہوتے تو ممکن ہے ان کا انتخاب ہی نہ ہوا ہوتا۔ یہ بات اس کے دل میں بار بار ہوک پیدا کرتی تھی۔ لیکن بالآخر اس نے کسی حد تک اپنے آپ کو سنبھال لیا اور اپنے آپ کو دن رات مطالعہ میں غرق کر دیا، رفتہ رفتہ اس نے تاریخ میں غیر معمولی صلاحیت پیدا کر لی۔ تاریخ کے ساتھ ساتھ اس نے کئی اور متعلقہ مضامین جیسے سیاسیات، جغرافیہ، معاشیات، سماجیات، تہذیب و ادب وغیرہ میں بھی اچھی خاصی لیاقت حاصل کر لی اور مسلمانوں کی تاریخ سے متعلق اس کے مضامین ایسے جریدے میں شائع ہونے لگے جن میں چھپنے کی حسرت اس کے اکثر پروفیسروں کو بھی تھی۔

اسی دوران وہ ایک ریاست میں اعلیٰ تعلیم بورڈ کے سامنے لکچرر کے انٹرویو کے لیے بلایا گیا۔ وہاں اس نے بڑے فخر کے ساتھ بتایا کہ میرے مضامین فلاں مشہور جریدے میں شائع ہو چکے ہیں۔ یہ سن کر انٹرویو بورڈ کے ایک رکن نے پوچھا کہ اس جریدے میں مضمون شائع ہونے سے آپ کو کیا معاوضہ ملتا ہے؟ یہ سوال بالکل غیر متوقع تھا اور اس کی سمجھ میں نہ آیا کہ اس کا کیا جواب دوں۔ کچھ تذبذب کے بعد اس نے سیدھا اور صحیح جواب دے دیا کہ ہر مضمون کے پانچ سو روپے ملتے ہیں۔ اس پر ان صاحب نے کہا، ''ہاں جے. این. یو. والوں کو اور کوئی کام نہیں۔ پانچ پانچ سو روپے کے لیے مضمون لکھتے رہتے ہیں۔'' بورڈ کے سارے

ارکین یہ سن کر قہقہہ لگانے لگے۔ طالب نے تمام اراکین کو ایک ایک کر کے غور سے دیکھا۔ ان میں ایک بھی ایسا شخص نہیں تھا جس کا کوئی مضمون اس جریدے میں بھی شائع ہوا ہو۔

انٹرویو سے ناکام لوٹنے کے بعد طالب افسردہ رہنے لگا۔ اب وہ کسی سے بات نہ کرتا، زیادہ تر کمرے میں ہی پڑا رہتا، ایک دن اس کا ایک دوست اس سے ملنے آیا کہ چلو ذرا باہر نکلو، اس طرح پڑے رہنے کا کیا حاصل ہے؟ طالب پھٹ پڑا اور کہنے لگا۔ جب کسی تحریر کی اہمیت کا یہی پیمانہ ٹھہرا کہ اس سے کتنے روپے کی آمدنی ہوتی ہے تو اس وقت ہندستان کے سب سے اچھے لکھنے والے وہی ہیں جو یہ بتاتے پھرتے ہیں کہ چولی کے پیچھے کیا ہے کہ انھیں کو سب سے زیادہ پیسے ملتے ہیں۔

دوست نے یہ کہہ کر اس کو تسلی دی کہ بھئی، انٹرویو بورڈ میں سب لوگ ایک مخصوص سیاسی جماعت کے حمایتی تھے اور وہ لوگ جان بوجھ کر دوسرے لوگوں کو نہ صرف تقرر سے محروم رکھنا چاہتے تھے بلکہ ان کو ذہنی طور پر پریشان بھی کرنا چاہتے ہیں۔ ان لوگوں پر دھیان مت دو، تمھیں وہاں انٹرویو کے لیے جانا ہی نہیں چاہیے تھا۔ وہ صوبہ ہی سب کچھ نہیں ہے۔ دنیا میں ابھی بھی علمی لیاقت کی قدر کرنے والوں کی کمی نہیں ہے۔ ویسے بھی تمھیں تو اسی یونیورسٹی میں لکچرر بننا ہے۔ کسی دور دراز کے کالج میں بھیج دیتے تو زندگی برباد ہو جاتی۔ میں تو کہتا ہوں جو ہوا اچھا ہی ہوا۔

دوست کے سمجھانے پر طالب کو وقتی طور پر تو کچھ تسلی ہوگئی لیکن اس کی حالت میں کچھ بنیادی تبدیلی نہ ہوئی۔ انٹرویو بورڈ کے اراکین کا وہ قہقہہ اس دن سے اس کے ساتھ لگ گیا تھا اور اب بھی اسے اکثر سنائی دیتا ہے۔ اب تو اسے نہ جانے کتنے لوگ مل جاتے ہیں جو وہ قہقہہ لگاتے رہتے ہیں۔ جیسے وہ قہقہہ فضا میں گھل گیا ہے اور اس کا تعاقب کرتا رہتا ہے۔ بورڈ کے اراکین کا قہقہہ کہیں بھی، کبھی بھی آ کر اسے گھیر لیتا ہے۔ ہاہا...... ہاہا...... پانچ پانچ سو روپے کے لیے مضمون لکھتے رہتے ہیں۔ ہاہا...... ہاہا

ایک دوپہر کا واقعہ ہے کہ طالب سو رہا تھا، جب اس کی آنکھ کھلی تو وہ دیر تک ویسے ہی پڑا اس خواب کے بارے میں سوچتا رہا جسے دیکھتے میں اس کی آنکھ کھل گئی تھی۔ اسے خوف بھی محسوس ہو رہا تھا اور کچھ جھنجلاہٹ بھی ہو رہی تھی۔ آج اس نے اس گاؤں کو خواب میں دیکھا

تھا جہاں اس کی پیدائش ہوئی تھی اور زندگی کے ابتدائی سولہ برس گذرے تھے۔ گاؤں چھوڑنے کے بعد ابتدائی کچھ برسوں تک تو وہ پابندی سے وہاں جاتا رہا تھا۔ لیکن پچھلے کوئی دس برسوں میں وہ ایک بار بھی گاؤں نہ گیا تھا۔ وہ سمجھنے لگا تھا کہ میں ان سب کو وہاں چھوڑ کر یہاں آ گیا ہوں، میں نے سب کچھ بھلا دیا ہے۔ لیکن اب اس کا یہ وہم ٹوٹتا ہوا نظر آ رہا تھا کیوں کہ پچھلے ایک مہینے میں وہ کئی بار اس گاؤں کو خواب میں دیکھ چکا تھا۔

اس بار کے خواب نے تو اسے ہلا کر رکھ دیا۔ وہ گھر جس میں اسے بے شمار شفقتیں ملی تھیں، وہ کمرہ جس میں اس نے اب تک کی زندگی کی تقریباً آدھی راتیں گزاری تھیں۔ وہ تالاب جس میں اس نے تیرنا سیکھا تھا اور دوستوں کے ساتھ نہ جانے کون کون سے کھیل کھیلے تھے...... اب تو اسے ان کھیلوں کے نام بھی یاد نہیں رہے تھے...... گاؤں کے بغل سے نکلنے والی وہ ندی جس میں صرف برسات میں پانی آتا تھا، اور جس میں اس نے اپنے دوستوں کے ساتھ بہاؤ کے ساتھ اور بہاؤ کے خلاف تیرنے کے مقابلے کئے تھے۔ وہ درخت جن کی بلند شاخوں پر چڑھنا اور پھر دیر تک بیٹھے رہنا اس کا محبوب مشغلہ تھا، درختوں پر کھیلا جانے والا وہ کھیل......　بھلا اس کھیل کا نام کیا تھا؟ ...... ہاں یاد آیا، اسے سیر کہتے تھے اور وہ ہری بھری فصلوں والے کھیت جن میں وہ شرارتیں کرنے کے بعد گھر سے بھاگ کر پورے پورے دن چھپا رہتا تھا، وہ دوست جو اب کئی کئی بچوں کے باپ بن چکے تھے اور بکری چرانے والی وہ لڑکی جو اسے بہت اچھی لگتی تھی...... آج وہ لڑکی برہنہ جسم کمرے میں آ کر اس سے لپٹ گئی تھی......

اس بار کے خواب میں سب ایک ساتھ مل گئے تھے۔ لیکن اس بار کے خواب میں وہ پچھلے خوابوں کی طرح خود چل کر اس گاؤں نہیں گیا تھا بلکہ وہ سب طالب کا تعاقب کرتے کرتے اس کے کمرے میں آ گئے تھے۔ آج اسے معلوم ہوا کہ وہ ان سب کو اپنے طور پر تو وہاں چھوڑ آیا تھا لیکن وہ سب نہ جانے کیسے خوابوں کے راستے چلے آئے ہیں۔ وہ سب میرا تعاقب کر رہے ہیں، سب میرے اندر بسے ہوئے ہیں اور جب چاہتے ہیں باہر نکل آتے ہیں میرا ان پر کوئی اختیار نہیں ہے۔

طالب کے اس کمرے میں دو دروازے ہیں ایک مغربی اور دوسرا مشرقی۔ مشرقی دروازے کے باہر جو منظر ہے اس میں پہاڑ ہیں، جنگل ہیں، جنگلی پھول ہیں۔ جن پر رقص

کرتی ہوئی تتلیاں ہیں، پانی کی جھیلیں ہیں، کچھ چرند پرند ہیں، نیلگوں آسمان ہے، آسمان پر اڑتے ہوئے بادل ہیں اور دور تک پھیلا ہوا سناٹا ہے۔ مغربی دروازے کے باہر جو منظر ہے اس میں روزمرہ کے سامان ہیں، خورد ونوش کی اشیا ہیں، سیاست ہے، تاریخ وتہذیب اور سائنس اور ٹکنالوجی کی نئی سے نئی ایجادیں ہیں۔ طالب نے کہیں پڑھا تھا کہ کبھی مغربی دروازے کا منظر بھی مشرقی دروازے جیسا تھا، لیکن مدت گذری وہاں کے لوگوں نے نقشہ بدل دیا تھا۔ ایسا نہیں ہے کہ صرف طالب ہی آنے جانے کے لیے ان دروازوں کا استعمال کرتا ہو، بلکہ کچھ چیزیں بھی ان دروازوں سے اس کمرے میں داخل ہوتی ہیں۔ صبح سب سے پہلے مشرقی دروازے سے کچھ پرندوں کی آوازیں داخل ہوتی ہیں، ان میں وہ کبوتر کے ایک جوڑے کی آواز سے سب سے زیادہ آشنا ہے۔ پھر کچھ دیر بعد مغربی دروازے سے اخبار داخل ہوتا ہے۔ جس کے ساتھ دنیا بھر کے قتل، غارت، مذہبی اور سیاسی نفرت، معاشی ناہمواری، تاریخ کے جبر، کھیل کود، بازار، برہنہ جسم اور ساری ناہموار، ناملائم چیزیں کمرے میں داخل ہو جاتی ہیں۔ لیکن ان سب سے نبرد آزما ہونے سے قبل اس کمرے میں مشرقی دروازے سے زندگی کی تمازت بھری دھوپ بھی داخل ہو چکی ہوتی ہے۔ اس کے بعد مغربی دروازے سے لوگوں کے رفع حاجت کرنے کی آوازوں کے علاوہ کئی اور قسم کے شور کمرے میں داخل ہوتے ہیں۔

اس کمرے سے وابستہ طالب کے لیے کئی مشغلے ہیں۔ ایک مشغلہ یہ بھی ہے کہ جب اسے حبس محسوس ہوتا ہے وہ کمرے کے دونوں دروازے کھول کر ان کے درمیان آرام کرسی ڈال کر بیٹھ جاتا ہے۔ دونوں طرف سے تیز ہوائیں کمرے میں داخل ہوتی ہیں جو ایک دوسرے سے ٹکراتی ہیں۔ ان کے ٹکرانے سے کمرے میں ایک تیز گونج پیدا ہوتی ہے۔ کچھ دیر یہ سلسلہ جاری رہتا ہے، لیکن آہستہ آہستہ ان ہواؤں کے درمیان ایک توازن قائم ہو جاتا ہے اور دونوں ہوائیں ایک دوسرے میں گھل مل جاتی ہیں، ایسے میں مشرقی اور مغربی دروازے سے داخل ہونے والی ہواؤں کا امتیاز ختم ہو جاتا ہے، مشرقی اور مغربی ہوائیں صرف ہوا بن کر رہ جاتی ہیں، نہ مشرقی نہ مغربی۔

مشرقی دروازے سے باہر نکلنے پر کبھی کبھی طالب کو ایسا لگتا ہے کہ اس کا جسم کمرے میں ہی رہ گیا ہے اور وہ صرف ایک روح بن کر آزاد فضاؤں میں اڑ رہا ہے۔ اسے وہاں جانے

اور گھومنے کے لیے یہ ضروری نہیں ہے کہ وہ واقعتاً وہاں جائے کیوں کہ اس کا ماننا ہے کہ اگر میں سوچتا ہوں کہ اس وقت میں جنگل میں ہوں تو واقعی وہاں موجود ہوتا ہوں۔ وہ اکثر اپنی بالکونی میں کھڑا ہو کر ان جنگلوں اور پہاڑوں پر گھومتا رہتا ہے، وہ کبھی درختوں کی شاخوں پر بیٹھتا ہے، کبھی جھیل میں تیرتا ہے اور کبھی پہاڑوں کی آغوش میں کھیلتا ہے۔ اس نے کچھ درختوں پر اٹاریاں، کچھ پہاڑوں میں گپھائیں اور کچھ جھیلوں میں جزیرے بنا رکھے ہیں۔ یہاں وہ گھنٹوں بیٹھا رہتا ہے اور فطرت کی گفتگو بہ زبان خاموشی سنتا رہتا ہے۔ وہ جھرنوں کے نغموں، موجوں کی روانی اور چرند پرند کی گفتگو میں اپنے آپ کو شامل محسوس کرتا ہے۔ اس کے دل نے ان سب سے ایک مطابقت قائم کر لی ہے اور وہ اب ان میں محض ایک سامع یا ناظر کے طور پر نہیں بلکہ چرند و پرند کی طرح اس منظر کا ایک حصہ بن کر شامل ہوتا ہے۔ یہ سب اس کا اپنا ہے، اس میں کوئی بیگانگی نہیں ہے، کوئی مصنوعی پن نہیں ہے۔ وہاں وہ اپنے آپ کو ہوا کی طرح ہلکا محسوس کرتا ہے۔ جب وہ اپنے کمرے میں واپس آتا ہے، تو پھر اپنے آپ کو جسم میں قید اور اس کے بار سے دبا ہوا پاتا ہے۔ اس طرح ایک بار پھر وہ اس خوشی سے اپنے آپ کو محروم پاتا ہے جو اسے جسم کے بوجھ سے نجات پا کر حاصل ہوتی ہے۔

اسی طرح طالب جب مغربی دروازے سے باہر داخل ہوتا ہے تو اسے کبھی یہ احساس نہیں ہوتا ہے کہ اس کے پاس جسم کے سوا روح جیسی بھی کوئی شے ہے۔ وہ اکثر سوچتا ہے کہ اگر جسم نہ ہوتا تو کتنا اچھا ہوتا؟ میں جو کچھ کرتا ہوں سب اپنے جسم کے لیے ہی تو کرتا ہوں۔ اس کے کھانے پینے کا انتظام، اس کے کپڑوں کا انتظام، اسے جگہ جگہ لے جانے، چلنے پھرنے کے لیے سواری کا انتظام، دوسری تمام جسمانی ضرورتوں کی تسکین کے سامان۔ زندگی انھیں چیزوں کے حصول کی جد و جہد بن کر رہ گئی ہے۔ زیادہ سے زیادہ میں اپنے سوا دوسروں کے جسموں کے بارے میں سوچتا ہوں، لیکن طالب کو یہ بات کچھ بہت زیادہ پریشان اس لیے نہیں کرتی ہے کیونکہ جب وہ مغربی دروازے سے باہر ہوتا ہے تو اسے کبھی بھی جسم سے پرے یا جسم کے ساتھ روح جیسی کوئی شے محسوس نہیں ہوتی ہے۔

لیکن جب وہ اپنے کمرے میں ہوتا ہے تو اسے جسم اور روح دونوں کا احساس رہتا ہے۔ ایک دن جب وہ تعاقب کرنے والے کے بارے میں سوچ رہا تھا کہ اچانک اسے خیال آیا کہ کہیں یہ روح اور جسم کا معاملہ تو نہیں ہے، ایسا تو نہیں کہ جب مغرب میں سفر کرتا ہوں تو

روح تعاقب کرتی رہتی ہو اور جب مشرق میں ہوتا ہوں تو جسم تعاقب کرتا رہتا ہو؟ اسے اپنے اس وہم میں تھوڑا جواز تو نظر آیا لیکن یہ وہم بھی شک کی منزلوں سے آگے نہ بڑھ سکا۔

طالب کا ایک مشغلہ یہ بھی ہے کہ وہ اپنی میز پر ایک گلوب رکھے ہوئے ہے اور اسے گھما گھما کر وہ ملکوں اور شہروں کو دیکھتا رہتا ہے۔ صبح اخبار میں جن ملکوں کا ذکر ہوتا ہے ان ملکوں کو وہ خاص طور سے سامنے لا کر دیکھتا ہے۔ جب وہ اس ملک کو کچھ دیر تک دیکھتا رہتا ہے تو آپ ہی آپ اس کے جغرافیہ سے تاریخ میں داخل ہو جاتا ہے، ایسے میں اس ملک کی تاریخ کے چند اہم ابواب اس کے ذہن میں روشن ہو جاتے ہیں۔ وہ اکثر اس ملک کے بارے میں مزید معلومات حاصل کرنے کے لیے کتاب اٹھا کر پڑھنے لگتا ہے۔

اس نے کہیں پڑھا تھا کہ جس قوم کا کوئی ماضی نہیں ہوتا، اس کا کوئی مستقبل بھی نہیں ہوتا ہے۔ لیکن یہ بات اس کو بہت پریشان کرتی ہے کہ جس ملک کا اخباروں میں سب سے زیادہ ذکر ہوتا ہے اس کی تاریخ سب سے مختصر اور سب سے زیادہ تاریک ہے۔ اس بات میں اسے تاریخ کی ہتک محسوس ہوتی ہے۔

گلوب کے تعلق سے اس کی ایک عادت یہ بھی ہے کہ جب وہ شدید ذہنی انتشار میں ہوتا ہے تو اس گلوب کو بہت تیزی سے گھمانے لگتا ہے۔ پھر کوئی ملک اپنی سرحد کے ساتھ نظر نہیں آتا ہے، تمام سرحدیں مٹ جاتی ہیں اور صرف عالمی جغرافیہ رہ جاتا ہے، اس جغرافیہ میں پہاڑ، جنگل، جھیلیں، چرند پرند، آسمان، آسمان پر اڑتے ہوئے بادل اور دور تک پھیلا ہوا سمندر، سب کچھ موجود ہوتا ہے۔ اس کا جی چاہتا ہے کہ یہ گلوب ہمیشہ اسی رفتار سے گھومتا رہے اور تمام سرحدیں ہمیشہ کے لیے مٹ جائیں۔ صرف عالمی جغرافیہ بچے۔ گلوب دیکھتے ہوئے ایک سوال اسے بہت پریشان کرتا ہے کہ دنیا کا تقریباً دو تہائی حصہ پانی پر مشتمل ہے۔ پھر بھی دنیا کی آبادی کا ایک بڑا حصہ زندگی کرنے کے لیے ضروری پانی سے کیوں محروم ہے؟

پچھلے کچھ دنوں سے ایسا ہونے لگا ہے کہ طالب جب بھی مغربی دروازے سے باہر جاتا ہے، تو اکثر اس کے ساتھ کچھ نہ کچھ واقعہ پیش آ جاتا ہے جس سے وہ دیر تک پریشان رہتا ہے۔ وہ کچھ چڑچڑا سا ہوتا جا رہا ہے۔ ایک شام وہ اپنے ایک دوست انل شرما سے عہد وسطیٰ

ی تاریخ کے بارے میں بات کر رہا تھا۔ انل یوں تو ترقی پسند خیال کا تھا لیکن تاریخ کے بارے میں اس کا علم بس وہی تھا جو اسے اپنے برہمن گھرانے میں ملا تھا، کسی مستند تاریخ کی کتاب سے نہیں۔ طالب نے انل سے کچھ اس انداز سے بات کی جیسے اس کا اپنا تاریخ کا علم بس یوں ہی سا ہے اور وہ یہ سوچ کر اس کی ہاں میں ہاں ملاتا رہا کہ دیکھوں عہد وسطیٰ کی تاریخ کے بارے میں انل کے خیالات کیسے ہیں؟ انل دیر تک بولتا رہا۔ اس کی باتیں سن کر کبھی کبھی طالب کو غصہ آتا لیکن وہ کسی طرح اپنے غصہ کو قابو میں کیے رہا، آخر کار جب معاملہ برداشت سے باہر ہونے لگا تو وہ بہانہ بنا کر واپس اپنے کمرے پر چلا آیا۔

طالب کو اس کی ایک ایک بات یاد آ رہی تھی اور اس کا غصہ بڑھتا جا رہا تھا۔ وہ بڑبڑا رہا تھا۔ آخر کار اس نے غصے میں آ کر میز پر بہت زور سے ہاتھ مارا اور بہ آواز بلند کہنے لگا۔

''اب چنگیز خاں کے مظالم کا حساب بھی ہمیں ہی دینا پڑے گا۔ وہ تو مسلمان تھا ہی نہیں۔ اس کے وارثوں نے اسلام قبول کیا تھا۔''

اس کے ذہن میں انل کا ایک جملہ اور گونجا۔

''تیمور اور نادر شاہ اور کے کارنامے بھی تو تقریباً چنگیز خاں جیسے ہی تھے۔''

''ہاں ہیں تو لیکن ان کے مظالم کے بیشتر شکار مسلمان ہی تھے...... پھر غیر انسانی حرکتیں ہر انسان کی میراث نہیں۔ کسی کی تخصیص نہیں۔''

یہ کہہ کر طالب پھوٹ پھوٹ کر رونے لگا۔ کچھ دیر تک رو لینے کے بعد دھیرے دھیرے اس کا غصہ کم ہوا۔ لیکن اس رات طالب نے خواب میں دیکھا کہ کوئی بہت زور دار قہقہہ لگاتا ہوا اس کی طرف فتح مندانہ چلا آ رہا ہے۔ جب وہ شخص قریب آیا تو اس نے دیکھا کہ یہ انل تھا، ایک عجیب سفاک اور زوردار قہقہہ لگاتے ہوئے انل نے اعلان کیا۔

''تاریخ کی میری سمجھ پر تمھارے علم سے کوئی فرق نہیں پڑتا۔''

''سنو، میری بات تو سنو!'' طالب نے پکارا۔ جب انل نے کوئی جواب نہ دیا تو طالب نے چیخ چیخ کر کہا، ''سنتے کیوں نہیں؟ میں وہی ہوں، طالب تمھارا دوست۔''

اس بار چیختے ہی وہ خواب سے بیدار ہو گیا۔ ''پکارو تو بھی خاموشی، چپ رہو تو بھی وہی خاموشی۔'' اس نے افسردہ دلی سے سوچا۔

ایک شام طالب ڈھابے پر چائے پینے گیا۔ اسے کچھ لوگ وہاں مل گئے، جن سے دیر تک دنیا، سماج، سیاست اور تاریخ وغیرہ پر باتیں ہوتی رہیں۔ طالب نے کئی ایسی باتیں کہیں جو حاضرین کو بہت پسند آئیں۔ ایک اجنبی نے طالب کا تعارف پوچھا۔ طالب نے بتایا میں تاریخ میں پی۔ ایچ۔ ڈی۔ کر رہا ہوں، تو اس نے بڑے تپاک سے ہاتھ ملایا اور کہا،'' آپ سے مل کر بڑی خوشی ہوئی۔'' لیکن جب طالب نے اپنا نام بتایا اجنبی نے عجیب سا منھ بنایا۔ طالب کو یہ رویہ بہت ناگوار گذرا اور وہ فوراً وہاں سے اٹھ کر اپنے کمرے کی طرف چل دیا۔ راستے بھر اسے ایسا محسوس ہوتا رہا جیسے وہ شخص اس کا منھ چڑھا رہا ہو، پہلے تو بڑے تپاک سے ہاتھ ملایا تھا، پھر نام سن کر ایسا منھ بنایا گویا کونین کی گولی چبا گیا ہو۔ لوگ میری ایک ہی شناخت کیوں دیکھتے ہیں؟ صرف میرے مذہب کی، وہ بھی اپنے بنائے ہوئے مفروضے کے مطابق۔ اس شخص کا منھ چڑانے کا انداز طالب کے ساتھ مستقل طور پر سائے کی طرح ساتھ لگ گیا۔

طالب کو ابھی کمرے میں پہنچے ہوئے کچھ ہی وقت گذرا تھا کہ دروازے پر کسی نے دستک دی۔ طالب نے دروازہ کھولا، تو اس اجنبی کے سوا وہ تمام لوگ جن کے ساتھ طالب ابھی ڈھابے پر تھا۔ کمرے میں داخل ہو گئے۔ پھر آنے والوں میں سے ایک نے کہا۔

''یار تمھارا مسلمان ہونا اسے برا نہیں لگا تھا بلکہ اسے تو بہت خوشی ہوئی تھی کہ مسلمانوں میں بھی ایسے روشن خیال لوگ موجود ہیں۔''

''لیکن میں اپنی اس شناخت سے نہیں بچ سکتا۔ مجھے اصل تکلیف تو یہی ہے۔ طالب نے جواب دیا۔

''کیا تمھیں لگتا ہے کہ ہم لوگ بھی تمھارے بارے میں ایسا ہی سوچتے ہیں؟ تم فکر نہ کرو ایک دن ایسا آئے گا جب لوگ اس حقیقت کو سمجھیں گے۔''

ان لوگوں کے جانے کے بعد طالب کے ذہن میں اس واقعے سے متعلق بہت سے سوال گونجتے رہے۔ تو کیا میرا اپنا کوئی وجود نہیں ہے؟ میں محض راشد، انیس ....کا حصہ ہوں اس سے الگ کچھ بھی نہیں؟ اس کی بے چینی بڑھتی جا رہی تھی۔ اس نے سوچا میں جتنا تنہا رہوں گا اتنا ہی سوچوں گا اس لیے بہتر ہوگا کہ کچھ دوستوں کے ساتھ کچھ وقت گذارا جائے۔ یہ سوچ کر وہ کمرے سے باہر نکلا اور ایک دو دوستوں کے یہاں گیا ان کے کمرے بند ملے۔ وہ

پھر اپنے کمرے میں واپس آ کر لیٹ گیا اور دیر رات تک حیات و کائنات کے بہت سے مسائل پر سوچتا رہا۔

جب اسے کسی طرح چین نہ ملا تو وہ مشرقی دروازے سے بالکونی میں چلا گیا۔ چاندنی رات تھی، پہاڑ اور جنگل پر دور تک پھیلا ہوا سناٹا تھا۔ ایسی روشنی تھی کہ کچھ کچھ تو نظر آ رہا تھا اور بہت کچھ چھپا ہوا تھا۔ لیکن ان سب کو دیکھنے کے لیے طالب کو کسی مصنوعی روشنی کی ضرورت نہیں تھی۔ اس کے گمان میں بھی کبھی یہ بات نہ آئی تھی کہ مشرقی دروازے کے اس منظر کو مصنوعی روشنی میں بھی دیکھا جا سکتا ہے۔ اس کا خیال تھا کہ اسے دیکھنے کے لیے سورج اور چاند کی روشنی کی ضرورت تھی یا اپنے اندر کی، اپنے دل کی روشنی کی ضرورت تھی۔ ویسے اس کا یقین تھا کہ سورج اور چاند کی روشنی بھی ان سب چیزوں کو دیکھنے کے لیے نہیں بنی ہے بلکہ سورج اور چاند کی روشنی بھی پہاڑ اور جنگل کی طرح اس منظر کا ہی ایک حصہ ہے۔ طالب چاندنی رات کے منظر کو دیکھتے دیکھتے وہیں پہنچ گیا۔ کچھ وقت وہ پرندوں سے، پہاڑوں سے اور وادیوں سے باتیں کرتا رہا، پھر لوٹ آیا۔ پہلے بالکونی میں پھر کمرے میں۔ آنے کے بعد وہ بستر پر لیٹ گیا اور لیٹتے ہی نیند آ گئی۔

اگلے دن وہ دوپہر تک اخبار پڑھتا رہا۔ ایک ایک خبر کو کئی کئی بار پڑھ گیا۔ گویا ان خبروں میں کوئی ایسی معنویت ہو جو کئی بار پڑھنے پر ہی ظاہر ہو سکتی تھی۔ اخبار پڑھتے پڑھتے وہ سو گیا لیکن ابھی تھوڑی ہی دیر سویا تھا کہ اچانک چیختے ہوئے اٹھ بیٹھا۔

''بھاگو بھاگو پولیس آ رہی ہے، گولیاں چل رہی ہیں، پولیس ہم سب کو پکڑ لے جائے گی۔''

وہ چیختا ہوا مغربی دروازے سے باہر نکل گیا۔ اس کے پڑوسی آواز سن کر اپنے اپنے کمرے سے باہر نکل آئے۔ طالب کا حال دگرگوں دیکھ کر انھوں نے پوچھا۔

''کیا ہوا طالب، کیا ہوا؟''

''کچھ نہیں سب ٹھیک ہے، ایک ڈراؤنا خواب دیکھ لیا تھا، اب میں بالکل ٹھیک ہوں۔''

وہ کچھ شرمندہ ہو کر اپنے کمرے میں واپس چلا گیا۔ اس کے پڑوسی بھی آپس میں باتیں کرتے ہوئے اپنے کمروں میں واپس چلے گئے۔ انھیں شک ہونے لگا تھا کہ طالب کا دماغ چل گیا ہے، یا وہ بہت جلد حواس باختہ ہو جائے گا۔

رات کے کھانے کے بعد طالب اور بھی بے چینی محسوس کرنے لگا۔ جب کسی طرح سے سکون نہ مل سکا تو مغربی دروازے سے باہر نکلا اور بے وجہ دیر تک تنہا گھومتا رہا۔ تھک جانے کے باوجود اسے سکون نہ مل سکا تو وہ ہاسٹل واپس آ گیا اور سونے کی کوشش کرنے لگا لیکن نیند آنکھوں سے کوسوں دور تھی۔ دیر تک کروٹیں بدلنے کے بعد وہ پھر بستر سے اٹھ کھڑا ہوا اور ہاسٹل کے صدر کے کمرے پر پہنچ گیا اور اس کے دروازے پر دستک دی۔ رات کا پچھلا پہر تھا، وہ گہری نیند میں سو رہا تھا۔ اس نے کافی تاخیر سے اونگھتے ہوئے دروازہ کھولا اور خیریت پوچھی تو طالب نے کہا۔

''تم وارڈن کو منع کیوں نہیں کرتے ہو، وہ بلا وجہ میرے پیچھے پڑ گئے ہیں۔''

''اوں وارڈن...کیا؟....کیا ہوا؟''

''انھوں نے میرے پیچھے، کچھ لڑکوں کو لگا دیا ہے جو ہر وقت میرا تعاقب کرتے رہتے ہیں، میں جب اپنے کمرے میں ہوتا ہوں تو بھی وہ جھانکتے رہتے ہیں یا چھپ چھپ کر میری آواز سنتے رہتے ہیں۔''

صدر ابھی بھی نیند کی حالت میں تھا اور طالب کی بات یوں بھی سمجھ سے باہر تھی۔ اس نے طالب سے کہا۔

''نہیں، وارڈن تو بہت اچھا آدمی ہے، سارے لڑکوں کا بہت خیال رکھتا ہے، اور تمھارا تو خاص خیال رکھتا ہے۔''

طالب کو غصہ آ گیا اور اس نے صدر کو جھنجھوڑ کر کہا۔

''تم طالب علموں کے لیڈر ہو یا وارڈن کے ایجنٹ ہو؟ تمھیں طالب علموں نے صدر منتخب کیا ہے یا وارڈن نے؟ لگتا ہے تم بھی وارڈن کی سازش میں شامل ہو۔''

طالب نے جھپٹ کر صدر کا گریبان پکڑ لیا اور چیخا۔

''بتاؤ وارڈن میرا پیچھا کیوں کر رہا ہے؟ اس نے میرے پیچھے لڑکے کیوں لگا رکھے ہیں؟ بتاؤ، فوراً بتاؤ ورنہ میں تمھاری دھنائی کر دوں گا۔ تم سالے خود کو سمجھتے کیا ہو......؟''

صدر کی نیند غائب ہوگئی۔ اس نے معاملے کو فوراً سمجھ لیا اور طالب کی اس حرکت کا برا نہ مانا، اس نے دن کا واقعہ سن رکھا تھا اس لیے طالب کی ذہنی حالت کو سمجھنے میں اسے دقت نہ ہوئی اور وہ خندہ پیشانی سے بولا۔

''نہیں ایسا کچھ نہیں ہے یار، تمھیں وہم ہوا ہے، وارڈن بھلا تمھارے پیچھے کیوں ان لڑکوں کو لگوائیں گے؟''

''اس کام کے لیے ان کو پیسا دیا گیا ہوگا، اور کیا؟ طالب نے بھنا کر کہا۔''

''پیسہ، انھیں اس کام کے لیے کون پیسہ دے گا، اور کیوں؟''

''یونیورسٹی دے رہی ہوگی، حکومت دے رہی ہوگی یا کسی دوسرے ملک سے مل رہا ہوگا۔''

''حکومت کیوں دے گی؟ اس کے پاس ایسے کاموں کے لیے پیسہ نہیں ہوتا ہے، تم خوب جانتے ہو۔''

''تمھیں معلوم نہیں۔ حکومت کا زیادہ تر پیسہ اسی قسم کے کاموں میں جاتا ہے۔''

صدر نے سوچا اس حالت میں اس سے بحث کرنے میں کوئی فائدہ نہیں ہے اور اس نے بات کو ٹالنے کی غرض سے کہا۔

''شاید تم ٹھیک کہہ رہے ہو، زمانہ خراب ہے، کچھ بھی ہوسکتا ہے۔ اچھا میں اب وارڈن کے بارے میں معلوم کروں گا وہ کیا کیا کرواتا رہتا ہے۔''

''اور ہاں اس پرکاش واجپئی کو بھی سمجھا دینا۔ اسے ہاسٹل سے فوراً نکلوایئے نہیں تو میری موت کے آپ ذمہ دار ہوں گے۔''

''کون پرکاش واجپئی؟''

''وہی جو کمرہ نمبر ۲۶۰ میں رہتا ہے۔ وہ میرا پیچھا کرتا رہتا ہے، اس کے پاس پستول ہے۔ میں جیسے ہی اس کی طرف دیکھتا ہوں وہ پستول کو اپنی جیب میں چھپا لیتا ہے اور مسکرانے لگتا ہے، لیکن میں جانتا ہوں وہ میرا قتل کرنا چاہتا ہے۔ وہ حکومت کا مخبر ہے۔''

صدر اس لڑکے کو جانتا تھا، وہ اس قسم کا لڑکا نہیں تھا اور اس کا نام بھی پرکاش واجپئی نہیں پرکاش کوشک تھا۔ اس کی عادت یہ تھی کہ وہ اکثر جیب میں ہاتھ ڈالے رہتا تھا۔ اس نے پھر بات ٹالنے کی غرض سے کہا۔

''اچھا تم اب اپنے کمرے میں جا کر سو جاؤ، میں صبح سب باتیں معلوم کر کے تمھیں بتاؤں گا۔ پرکاش کو بھی میں صحیح کر دوں گا۔ بڑا دادا بنا پھرتا ہے۔ اپنے آپ کو سمجھتا کیا ہے؟ جاؤ، جاؤ تم آرام سے سو جاؤ۔ سویرے دیکھیں گے۔''

صدر کے یقین دلانے پر طالب اپنے کمرے میں آکر سونے کی کوشش کرنے لگا اور کچھ دیر میں سو بھی گیا۔ اب اس نے پھر ایک خواب دیکھا۔

دیکھتا کیا ہے میرے دماغ کی تمام پرتیں کھلنے لگی ہیں۔ حافظہ میں جو کچھ بھی ہے وہ دماغ سے نکل نکل کر کمرے میں پھیلتا جا رہا ہے، وہ چیزیں تھوڑی دیر تک کمرے میں اڑتیں ہیں پھر گر پڑتیں ہیں۔ پھر اچانک ساری کتابوں کے اوراق پھڑ پھڑا کر اڑنے لگے اور ان اوراق کی تحریریں مصوّر ہوگئیں۔ پھر وہ تصویریں حقیقی شکل اختیار کر گئیں۔ ایک ایک کر کے شہر اس کے سامنے سے گذرنے لگے۔ اصفہان، شیراز، بغداد، غرناطہ، قرطبہ، قاہرہ، سمرقند، بخارا، دہلی، لاہور، آگرہ۔ بے شمار شہر اور ان شہروں کی تعمیرات، مسجدیں، محل، باغات، کتب خانے، فنونِ لطیفہ، سرائیں، قہوہ خانے، دوکانیں، عالم، صوفی، شعرا لمحے بھر کو کمرے کی فضا میں لہراتے، تیرتے، جھمکتے اور پھر روئی کے گالے کی طرح اس کے اوپر گر پڑتے۔ دھیرے دھیرے وہ ملبے کے نیچے اس طرح دب گیا کہ وہ ہلنے ڈلنے سے بھی قاصر ہوگیا۔ اس نے ملبے کے نیچے سے نکلنے کی کوشش کی لیکن وہاں تو سانس لینا بھی دشوار ہو رہا تھا نکل بھاگنا کیا معنی رکھتا تھا۔

وہ اچانک جاگ اٹھا لیکن کچھ دیر تک نیم خوابی کی کیفیت میں پلنگ پر پڑا رہا۔ وہ اپنے آپ کو اب بھی ملبے کے نیچے دبا ہوا محسوس کر رہا تھا۔ اس نے پلنگ سے اٹھنے کی کوشش کی لیکن اس سے اٹھا نہ گیا تو وہ پوری قوت سے چیخ اٹھا۔

''بچاؤ...... بچاؤ...... ارے بھائی کوئی ہے؟ مجھے بچاؤ......''

اس کے پڑوسی دوڑتے ہوئے مغربی دروازے سے داخل ہوئے۔ انھوں نے دیکھا کہ طالب کی زبان غیر معمولی طور پر منہ سے باہر نکلی ہوئی تھی۔ جیسے کسی نے اسے کھینچ نکالا ہو۔ اور حلق سے غرانے کی سی آوازیں نکل رہی تھیں۔ سبھی کھڑکی دروازے بند تھے، کمرے میں حبس بھرا ہوا تھا۔ پڑوسی لڑکوں نے سب سے پہلے دونوں دروازے کھولے۔ باہر پروائی چل رہی تھی۔ جب ہوا آر پار بہنے لگی تو کمرے کا حبس زائل ہوگیا اور طالب جلدی ہی پوری طرح

سے ہوش میں آ گیا۔ پڑوسی لڑکوں نے اس سے پوچھا کہ معاملہ کیا تھا۔ تو اس نے معافی مانگتے ہوئے کہا۔ ''مجھے کچھ یاد نہیں۔ کیا میں خواب دیکھ رہا تھا؟ آپ لوگوں کو بے وجہ زحمت ہوئی۔''

لڑکوں کو پھر گمان گذرا کہ طالب اپنی عقل کھو بیٹھنے والا ہے، لیکن جب طالب خود کہہ رہا تھا کہ کوئی بات نہیں اور وہ بظاہر اب بالکل ٹھیک دکھائی دیتا تھا، تو وہ اپنے اپنے کمرے پر چلے گئے۔ اب تک صبح ہوگئی تھی۔

شام کا وقت تھا، طالب کمرے کا مشرقی دروازہ کھولے گہری فکر میں ڈوبا ہوا بیٹھا تھا، مشرقی دروازے کے باہر خاموشی تھی لیکن مغربی دروازے کے باہر آج بہت ہلچل تھی اور بہت تیز ہوائیں چل رہی تھیں۔ اچانک مغربی دروازہ دھڑاکے کے ساتھ کھل گیا۔ دروازہ کھلتے ہی ایک آندھی سی اندر آ گئی اور اس کے ساتھ کمرے میں بہت سی اجنبی چیزیں داخل ہوگئیں، مشرقی دروازہ کھلا ہوا تھا جس سے مغرب کی کچھ چیزیں مشرقی دروازے کے منظر میں داخل ہو گئیں۔ طالب نے بڑی مشکل سے مغربی دروازہ بند کیا، گرد وغبار اور کوڑا کرکٹ صاف کر کے اس نے ردی کی ٹوکری میں بھرا اور مشرقی دروازے کی بالکونی میں جا کر اسے باہر پھینک دیا۔

وہ کچھ دیر وہیں کھڑا رہا اور اس مشرقی منظر کو دیکھنے لگا، چند لمحوں میں وہ اپنی مرغوب جگہوں پر پہنچ گیا اور مصروف سیر ہوا۔ جب وہ پہلے ٹھکانے پر پہنچا تو وہاں کا منظر دیکھ کر حیران رہ گیا اور خوف سے کانپنے لگا۔ یہ کیا؟ اسے اپنی آنکھوں پر یقین نہ آیا، یہ کیسے ممکن ہے؟ یہ کون سی مخلوق ہے اور کہاں سے آ گئی؟ یہاں کی تو دنیا ہی بدلی ہوئی ہے۔ وہ چھپ چھپ کر دوڑتا ہوا اپنے تمام ٹھکانوں تک گیا۔ درختوں کی اٹاریاں، پہاڑوں کی گپھائیں اور جھیل کے جزیرے، ہر جگہ وہی منظر تھا۔ اس نے سوچا یہ عجیب الخلقت مخلوق کہاں سے آ گئی؟ یہ کبوتر یہاں کیوں مرے پڑے ہیں؟ اتنے میں آواز آئی۔

''ڈرو مت۔ ڈرنے کی کوئی بات نہیں ہے، اس وادی میں بہت خطرہ تھا۔ اسی لیے ہم لوگ اس وادی کی حفاظت کے لیے آئے ہیں، اب ہم اس کی حفاظت کے لیے ہر وقت یہاں موجود رہیں گے۔''

لیکن اس کے بعد وہ اس پر حکم چلانے لگے۔ وہ اسے ڈراتے اور دھمکاتے رہے۔ بندوق کے کندوں سے مارتے بھی رہے اور یہ بھی کہتے رہے۔''اب تمھیں ڈرنے کی کوئی ضرورت نہیں، اب ہم تمھاری حفاظت کے لیے آگئے ہیں۔''

بڑی مشکل سے وہ واپس اپنی بالکونی میں پہنچا۔ یہاں رات کافی گذر چکی تھی۔ وہ سونے کی کوشش کرنے لگا، لیکن نیند نہ آسکی۔ اسے بار بار مشرقی دروازے کے باہر کا منظر یاد آجاتا۔ طالب نے بے چین ہو کر سوچا، مشرقی دروازے کا منظر راحت افزا دنیا تھی اب وہ جگہ بھی محفوظ نہیں رہی، اب میں کہاں جاؤں گا؟ یہ سوچ سوچ کر وہ پریشان تھا کہ اچانک مغربی دروازے سے ایک بہت پر اسرار آواز سنائی دی، چھن ...... چھن ..... چھن ...... تھوڑے تھوڑے وقفہ پر وہ آواز مسلسل آتی رہی۔ کچھ دیر بعد وہ باہر نکل کر دیکھنے لگا کہ آواز کہاں سے آرہی ہے؟ باہر جانے پر کہیں سے کچھ پتہ نہ چل سکا۔ اسے طالب علم کے بھوت کا خیال آیا۔ لیکن ان توہمات میں اسے اب بھی یقین نہ تھا اس لیے اس خیال کو ذہن سے جھٹک کر وہ کمرے میں واپس آکر پھر سے سونے کی کوشش کرنے لگا۔ چھن چھن ..... کی وہ آواز اب اسے اور بھی واضح سنائی دے رہی تھی۔ کچھ دیر میں نیند آئی تو طالب کو ایک کابوس نے جکڑ لیا۔

اس نے دیکھا کہ کمرے میں اندھیرا پوری طرح مسلط ہے صرف میز پر رکھے ہوئے گلوب کے ایک حصہ پر کہیں سے روشنی آ رہی ہے، طالب گلوب کو دھیرے دھیرے گھما رہا ہے، اس طرح اس طرح تھوڑے تھوڑے وقفے کے ساتھ پورے گلوب پر روشنی آ جاتی ہے۔ طالب نے دو تین بار گھما کر گلوب کو چھوڑا تو ہر بار روشنی کے سامنے ایک ہی حصہ آ کر رکا۔ اور وہ حصہ ہندستان کے بالکل پیچھے کا تھا، جس سے ہندستان بار بار بالکل تاریکی میں چلا جا رہا تھا۔ آخر کار اس نے ہندستان کے نقشے کو روشنی کے سامنے لاکر ٹھہرا دیا اور اسے غور سے دیکھنے لگا۔ کچھ دیر میں اسے پھر وہی چھن ...... چھن ...... کی آواز سنائی دی، اس نے تھوڑا ادھر ادھر دیکھا، کہیں کوئی نظر نہ آیا، تو طالب واپس گلوب میں دیکھنے لگا۔ اچانک ہندستان کے پیچھے والے حصے سے کچھ لوگ نمودار ہوئے اور فضا میں اڑنے لگے۔ ان کے پاس کوئی بہت چمکدار چیز تھے۔ انھوں نے اس کی روشنی گلوب پر ڈالی، پھر بیشتر ملکوں سے لوگ بے تحاشا نکلے اور فضا میں اڑتے ہوئے گلوب کے پیچھے والے حصے سے آئے لوگوں سے ایک عجیب زبان میں بات کرنے لگے۔ ہندستان والے حصے سے بھی کچھ لوگ وہاں پہنچ کر بات کرنے لگے۔ اس کے

بعد پیچھے آنے والوں نے اپنے ملک کی طرف اشارہ کیا۔ اشارہ کرتے ہی وہاں سے بے شمار لوگ نکلے اور سارے ملکوں کی طرف چلے پڑے۔ ان لوگوں کے ساتھ ایک نادیدہ زنجیر تھی، جو یوں تو نظر نہیں آتی تھی، لیکن ان کے چلنے کے انداز سے محسوس ہو رہا تھا کہ وہ اسے لے کر چل رہے ہیں۔ وہ لوگ جہاں جہاں سے گذرتے تھے وہاں کے لوگوں کو مخاطب کر کے کچھ اعلان کرتے تھے۔ ہندستان پہنچ کر ان میں سے ایک نے اعلان کیا۔

''آپ کا ملک بہت امیر ملک ہے لیکن یہاں کے لوگ بہت غریب ہیں۔ آپ کے یہاں سونا ہے، تیل ہے، کوئلا ہے، پہاڑ ہیں، ندیاں ہیں، زمینیں ہیں، جنگل ہیں اور پانی ہے۔ لیکن اب پریشان ہونے کی ضرورت نہیں۔ آپ کے ان رہنماؤں نے فیصلہ کیا ہے کہ اب ہم ان ساری چیزوں کا استعمال کر کے آپ کو امیر بنائیں گے، بس اب آپ لوگ میری اجازت کے بغیر اوپر بتائی گئی چیزوں میں سے کسی کا بھی استعمال نہیں کر سکتے۔''

اس کے بعد ایک دوسرے شخص نے اعلان کیا۔

''آپ کا ملک بہت خطرے میں ہے، ہر طرف دہشت گرد پھیلے ہوئے ہیں۔ ان خطروں سے صرف اور صرف ہم ہی آپ سب کو بچا سکتے ہیں، اس لیے ضروری ہے کہ ہم جو کچھ بھی کہیں آپ لوگ وہی کریں۔ چند سرفرے لوگوں کی وجہ سے، ہم پورے ملک کے امن و امان کو خطرے میں نہیں ڈال سکتے۔ اس لیے ہم منکروں کو مناسب سزا دیں۔''

اس کے بعد ایک اور شخص نے اعلان کیا۔

''ہمیں آزادی، جمہوریت اور انسانی حقوق بے حد عزیز ہیں اور یہ زنجیر انھیں چیزوں کی علامت ہے۔ یعنی جو اس زنجیر میں ہے سمجھ لو جمہوری نظام میں ہے، اب آپ سارے لوگ اس زنجیر میں آجائیں۔''

لوگ ایک ایک کر کے زنجیر میں آتے جا رہے تھے۔ کچھ ان کی چمک دمک کے رعب سے، کچھ ڈر سے۔ طالب نے جب زنجیر کی آواز کو غور سے سنا تو یہ وہی ''چھن...... چھن......'' کی آواز تھی جو وہ سر شام سے سن رہا تھا اور اس کا تعاقب کرتی ہوئی محسوس ہو رہی تھی۔ ایک شخص نے زنجیر کو ہوا میں لہرا کر طالب کے اوپر پھینکنا چاہی تو طالب جھجک کر پیچھے ہٹ گیا۔ اور چیختا ہوا کمرے سے باہر آ گیا۔ باہر پہنچ کر وہ برآمدے میں دور تک نکل گیا اور لگاتار چیختا رہا۔

''سنو، کم بختوں سنو، زنجیر تمھاری تلاش میں ہے۔''

فوراً ہی کثرت سے لوگ اس کے گرد جمع ہو گئے۔ ان لوگوں نے آ کر اسے پکڑ لیا اور پوچھا۔

''کون کس کی تلاش میں ہے؟ یہ زنجیر و نجیر کیا لغویات ہے؟ گھبراؤ مت ہم لوگ یہاں ہیں، یہاں کوئی نہیں آ سکتا، تم نے پھر کوئی خواب دیکھا ہے۔ کل تمھیں ڈاکٹر کے پاس لے چلیں گے۔''

طالب سر سے پاؤں تک لرز رہا تھا۔ دوستوں نے اس کا سر اور پیٹھ سہلائی، پانی پلایا۔ جب طالب بالکل ٹھیک لگنے لگا تو اسے اس کے کمرے میں چھوڑ کر وہ لوگ اپنے اپنے کمرے پر واپس چلے گئے۔ رات ختم ہونے والی تھی۔ مشرق میں تھوڑا تھوڑا اجالا ہونے لگا تھا۔ وہ مشرقی دروازے سے باہر نکلا اور بالکونی کے باہر کے منظر پر نظر ڈالی تو اسے خیال آیا کہ اب مشرقی دروازے کی دنیا بھی خالص مشرقی نہیں رہی۔ اسے اچانک خیال آیا کہ زنجیر والے اور جنگل کے لوگ بالکل ایک جیسے تھے۔ یہ سوچتے ہی اسے پھر خوف محسوس ہوا۔ جلدی سے کمرے میں واپس آ کر اس نے خوب مضبوطی سے دونوں دروازے بند کیے اور چادر اوڑھ کر سو گیا۔

کچھ دن آرام سے گذرے، کوئی برا خواب نہ آیا، نہ ہی مشرقی یا مغربی دروازے کے مناظر سامنے آئے۔ ایک روز وہ کیمپس میں ہی سڑک پر کہیں جا رہا تھا کہ اسے اچانک محسوس ہوا کہ کوئی اس کا تعاقب کر رہا ہے اور بہت شدید حملہ کرنے والا ہے۔ اس نے پیچھے مڑ کر دیکھا تو اسے محسوس ہوا کہ تعاقب کرنے والا شخص جھاڑی میں چھپ گیا ہے۔ طالب بے تحاشا اس جھاڑی کی طرف دوڑا، جھاڑی سڑک کی دوسری جانب تھی۔ وہ بیچ سڑک میں تھا کہ ایک کار تیزی سے آئی اور وہ اس سے ٹکرا گیا، کار والے نے پوری طاقت سے بریک لگائے لیکن پھر بھی اس کا سر بری طرح زخمی ہو گیا۔ ریڑھ کی ہڈی میں چوٹ آئی اور ایک پاؤں کار کی پچھلے پہیے کے نیچے آ کر چور چور ہو گیا۔

جب اسے ہوش آیا تو اس نے خود کو آل انڈیا انسٹیٹیوٹ آف میڈیکل سائنسز یعنی ایمس کے سرجری وارڈ کے ایک پلنگ پر پایا۔ سارا بدن پٹیوں اور پلاسٹر سے ڈھکا ہوا تھا۔ جسم کے مختلف حصوں میں مشینیں اور تار لگے ہوئے تھے۔ اس نے حادثے کی اصل وجہ کسی کو نہیں بتائی۔ دوستوں اور وارڈن سے اس نے جھوٹ بول دیا کہ گھر والوں کو اطلاع کر دی ہے اور وہ

لوگ جلد ہی آ جائیں گے۔ دو مہینے تک وہ ہسپتال میں بستر پر پڑا رہا، اس کے بعد چھٹی ملی اور وہ ہاسٹل واپس آ گیا۔

جس دن وہ ہسپتال سے واپس آیا پورے دن کوئی نہ کوئی کمرے میں رہا، رات میں بھی اس کے دوست دیر تک اس کے ساتھ بیٹھے رہے۔ ان لوگوں نے کوئی بہت سنجیدہ بات نہ کی۔ بس یوں ہی ادھر ادھر کی باتیں کرتے رہے۔ کبھی فلموں کی، کبھی کرکٹ کی، کبھی موسم کی، بیچ بیچ میں کوئی لطیفہ یا مزاحیہ واقعہ بھی سناتے رہے۔ باتوں باتوں میں طالب کو نیند آ گئی۔ اس کے سو جانے کے بعد سارے دوست بھی اٹھ کر اپنے اپنے کمرے واپس چلے گئے۔

کمرے میں پڑے پڑے کئی دن گذر چکے تھے طالب بری طرح سے اوب چکا تھا، اس نے سوچا چلو آج کھانا یہاں نہ منگوا کر میس میں ہی کھانے چلتا ہوں۔ اسی بہانے تھوڑا گھوم بھی لوں گا۔ اس کی چال نہایت مضحکہ خیز ہو گئی تھی۔ دائیں پیر میں گھٹنے کے اوپر تک پلاسٹر اور ہاتھوں سے زمین تک ٹکی ہوئی بیساکھی تھی، بایاں پیر صحیح تھا اس لیے زیادہ زور اسی پر دیتا تھا، پلاسٹر والا پیر آگے پیچھے بے ترتیب جھولتا رہتا تھا۔ وہ دونوں ہاتھ کبھی ادھر لے جاتا کبھی ادھر، جیسے کوئی اسے مارنے جا رہا ہو اور وہ ہاتھ سے وار روک رہا ہو۔ کبھی کبھی سر اور کندھے اچانک ادھر ادھر کسی بھی طرف جھکا دیتا تھا، جیسے کوئی وہاں بھی مارنے کی کوشش کر رہا ہو اور وہ بچنے کی کوشش کر رہا ہو۔ چلتے چلتے وہ اچانک رک جاتا اور سر گھما کر دائیں، بائیں اور پیچھے مڑ کر دیکھتا۔ گرتا پڑتا وہ میس پہنچ گیا۔ کھانے کی کرسی پر بیٹھنے کے بعد بھی وہ اچانک کسی بھی طرف جھک جاتا۔ لوگ اس کا تماشہ دیکھ رہے تھے۔ لیکن سبھی جانتے تھے کہ طالب ذہنی طور پر ٹھیک نہیں ہے اور اب تو جسمانی طور پر بھی ٹھیک نہیں رہا۔

کھانا کھانے کے بعد کمرہ نمبر ۲۶۰ پر جا کر اس نے دستک دی۔ دروازہ کھلتے ہی طالب نے کہا۔

''میں نے اپنا مذہب بدل لیا ہے اب میں صرف انسان رہ گیا ہوں، نہ ہندو، نہ مسلمان۔ تم اپنے آقا سے کہہ دو کہ اب میرا تعاقب بند کروا دیں۔ ساتھ ہی تمھارے آقا بھی اپنے آقا کے پاس خبر بھیج دیں، جنھوں نے بے شمار فوجی مجھے قتل کرنے کے لیے بھیجے ہیں۔ انھیں بھی واپس بلا لیا جائے۔ خدا کے واسطے اب میرا تعاقب بند کروا دیجیے۔''

یہ کہہ کر طالب پرکاش کے پیر پکڑ کر رونے لگا۔

پرکاش حیران ہوگیا۔ وہ طالب کی ذہنی حالت سے واقف تھا۔ پھر بھی اسے توقع نہ تھی کہ اس کا یہ حال ہو جائے گا۔ اس کا دل شدید محبت اور ترحم سے بھر گیا۔

''ٹھیک ہے میں ان سب لوگوں سے کہہ دوں گا، اب تم بے فکر ہو کر اپنے کمرے جاؤ، میں سب کو خبر کر دوں گا۔''

پرکاش اسے کمرے پر چھوڑ گیا اور یہ قول بھی دے گیا کہ اب کچھ نہ ہوگا۔ میں سب لوگوں کو خبر کر دوں گا، تم آرام سے سوؤ۔

پرکاش کے جانے کے بعد بعد طالب حسب معمول دوپہر میں سونے کے لیے لیٹ گیا، کچھ دیر بعد نیند بھی آگئی اور ایک بار پھر وہ ایک دہشت ناک کابوس میں مبتلا ہو گیا۔ طالب نے دیکھا کہ وہ اپنے بستر پر لیٹا ہوا اوپر کی طرف دیکھ رہا ہے، چاروں طرف دبیز اندھیرا چھایا ہوا ہے۔ اندھیرے میں کچھ تصویریں چمکتی ہیں اور لمحے بھر بعد غائب ہو جاتی ہیں۔

سب سے پہلے خودکشی کرنے والا طالب علم ایک قہقہہ مارتا ہے اور کہتا ہے، اب اس کمرے میں تم میرے جاں نشین ہو اور میری کہانی کو آگے بڑھاؤ گے۔ بورڈ کے تمام اراکین قہقہہ لگا کر ہنستے ہیں۔ تم لوگوں کو پانچ پانچ سو روپے کے لیے مضمون لکھنے کے سوا کوئی کام نہیں ہے۔ برہنہ جسم لڑکی اس سے لپٹ جاتی ہے۔ پھر صدیوں کا غبار ان دونوں پر گرنے لگتا ہے اور وہ اس کے نیچے دبتا چلا جاتا ہے۔ ایک عجیب مخلوق کے بے شمار لوگ ایک لامتناہی زنجیر لیے ہوئے ہیں۔ وہ آس پاس کے لوگوں کو زیر کر چکے ہیں اور اب وہ طالب کی اور بڑھ رہے ہیں۔ طالب بستر سے اٹھ کر مغرب کی جانب بھاگتا ہے اور مغربی دروازے سے جا ٹکراتا ہے۔ پھر وہ مخالف سمت میں بھاگتا ہے اور مشرقی دروازے سے ٹکراتا ہے۔ ان دروازوں سے ٹکرانے کے بعد اس کے ہوش و حواس درست ہو جاتے ہیں اور وہ بستر پر آ کر دوبارہ لیٹ جاتا ہے۔

ایک شب اس نے خواب میں دیکھا کہ میں پوری طرح سے بیدار ہوں۔ ساری چیزیں میرا تعاقب کر رہی ہیں۔ وہ فوجیں تیزی سے آگے بڑھ رہی ہیں، میں انھیں کیوں موقع دوں؟ ان کے ہاتھوں مرنے سے بہتر ہے کہ میں خود سے مر جاؤں۔ اس طرح اس نے خودکشی کرنے کا فیصلہ کر لیا۔

پہلے اس نے وہی طریقہ سوچا کہ بلیڈ سے کلائی کی رگ کاٹ دی جائے اور سارا خون بہہ جانے دیا جائے لیکن اس میں ایک خطرہ یہ تھا کہ اگر بیچ میں کوئی کمرے میں آ گیا تو بچا لیا جاؤں گا۔ اس سے بھی زیادہ خطرہ یہ ہے کہ ممکن ہے بچانے کے وقت تک کافی خون بہہ چکا ہو اور میں مستقل طور پر مفلوج ہو کر رہ جاؤں۔ مفلوج کی زندگی تو موت سے بدتر ہے۔ زہر اور پیٹرول یا مٹی کا تیل ملنا ممکن نہیں ہے۔ اول تو میں کہیں آ جا نہیں سکتا اور کوئی دوسرا لا کر دے گا نہیں۔ دوم یہ کہ اگر میں کسی طرح بازار تک پہنچ بھی جاؤں تو ہر وقت لوگ میرا تعاقب کرتے رہتے ہیں، لوگوں کو میری حالت بھی معلوم ہے اور ان کو شک بھی ہوگا کہ میں خودکشی کر سکتا ہوں۔ اس لیے بس ایک ہی راستہ ہے۔ چھت سے کود کر خودکشی کر لوں۔ اس میں کوئی خطرہ نہیں ہے اگر کوئی چھت پر دیکھ بھی لے گا تو یہی سمجھے گا کہ ایسے ہی ٹھنڈی ہوا کے لیے اوپر گیا ہوگا اور اگر کسی کو شک بھی ہو گیا تو اس سے پہلے کہ کوئی میرے قریب آئے میں کود جاؤں گا۔

یہ سوچ کر طالب ہاسٹل کی عمارت کی چھت کی طرف چل پڑا۔ تیسری منزل سے اس نے نیچے کی طرف دیکھا، مرنے کے لیے بہت کافی اونچائی ہے۔ وہ چھت کے ٹھیک بیچ میں جا کر کھڑا ہو گیا کہ اس کے ایک طرف مشرق ہے اور ایک طرف مغرب۔ اس نے دوڑ لگائی اور چھت کی گگر پر پہنچ کر جست کر کے نیچے کود گیا۔

خون میں لت پت طالب کا جسم نیچے پڑا ہوا ہے، لوگ اس کو چاروں طرف سے گھیرے ہوئے ہیں۔ کچھ لوگ ایمبولینس کو فون کر رہے ہیں، کچھ کا کہنا ہے کہ اب ایمبولینس کو فون کرنے سے کوئی فائدہ نہیں، یہ مر چکا ہے۔ کچھ وارڈین کو بلانے گئے ہیں۔ گرتے وقت وہ بالکل سیدھا سیدھا گرا تھا، پیروں کے بل۔ زمین سے ٹکرانے کے بعد اس کا ایک پیر جس پر پلاسٹر چڑھا ہوا تھا پیچھے کی طرف گھوم گیا تھا جس سے وہ پوری طرح سے مڑا ہوا اس کے جسم کے نیچے دبا ہوا تھا، دوسرا پیر سامنے چلا گیا تھا، اس کا بدن داہنی طرف تھوڑا جھکا ہوا زمین پر سیدھا گرا تھا۔ داہنا ہاتھ بہت زیادہ مڑا ہوا ہے اور سر بھی داہنی طرف کو تھوڑا جھکا ہوا ہے۔ اس کے علاوہ جگہ جگہ پر زخم ہو گئے ہیں اور پورا جسم لہولہان ہو چکا ہے۔

وارڈن نے آ کر بتایا ایمبولینس چل چکی ہے اور پہنچنے والی ہوگی۔ کہ تبھی کسی نے کہا، ''امبولینس آ گئی۔'' سارے لوگ ادھر دیکھنے لگے۔ طالب نے آنکھیں کھول دیں لیکن اسے کچھ نظر نہ آیا۔

زندگی اور موت کے بیچ جھولتے ہوئے طالب کے دو دن ایمس میں گذر گئے۔
تیسرے دن ڈاکٹر نے اعلان کیا۔
''طالب مفلوج ہے، لیکن زندہ ہے۔''